AF186436

Tucholsky Wagner Zola Scott
Turgenev Wallace Fonatne Sydow Freud Schlegel
Twain Walther von der Vogelweide Fouqué Friedrich II. von Preußen
Weber Freiligrath Frey
Fechner Fichte Weiße Rose von Fallersleben Kant Ernst Frommel
Hölderlin Richthofen
Engels Fielding Eichendorff Tacitus Dumas
Fehrs Faber Flaubert Eliasberg Ebner Eschenbach
Feuerbach Maximilian I. von Habsburg Fock Eliot Zweig
Ewald Vergil
Goethe London
Mendelssohn Balzac Shakespeare Elisabeth von Österreich Ganghofer
Trackl Lichtenberg Rathenau Dostojewski
Stevenson Doyle Gjellerup
Mommsen Tolstoi Hambruch Droste-Hülshoff
Thoma Lenz Hanrieder
Dach von Arnim Hägele Hauff Humboldt
Verne Rousseau Hagen Hauptmann
Karrillon Reuter Gautier
Garschin Baudelaire
Damaschke Defoe Hebbel
Descartes Hegel Kussmaul Herder
Wolfram von Eschenbach Dickens Schopenhauer Rilke George
Darwin Melville Grimm Jerome Bebel
Bronner Aristoteles Proust
Campe Horváth Voltaire Federer
Bismarck Vigny Barlach Heine Herodot
Gengenbach
Storm Casanova Tersteegen Grillparzer Georgy
Lessing Langbein Gilm
Chamberlain Gryphius
Brentano Lafontaine
Strachwitz Claudius Schiller Kralik Iffland Sokrates
Katharina II. von Rußland Schilling
Bellamy Gibbon
Gerstäcker Raabe Tschechow
Löns Hesse Hoffmann Gogol Wilde Gleim Vulpius
Luther Heym Hofmannsthal Morgenstern
Klee Hölty Goedicke
Roth Heyse Klopstock Kleist
Luxemburg Puschkin Homer Mörike Musil
La Roche Horaz
Machiavelli Kierkegaard Kraft Kraus
Navarra Aurel Musset Moltke
Lamprecht Kind Kirchhoff Hugo
Nestroy Marie de France Laotse Ipsen Liebknecht
Nietzsche Nansen Ringelnatz
Marx Lassalle Gorki Klett
von Ossietzky May Leibniz
vom Stein Lawrence Irving
Petalozzi Knigge
Platon Michelangelo Kafka
Sachs Pückler Kock
Poe Liebermann
de Sade Praetorius Mistral Zetkin Korolenko

Der Verlag tredition aus Hamburg veröffentlicht in der Reihe **TREDITION CLASSICS** Werke aus mehr als zwei Jahrtausenden. Diese waren zu einem Großteil vergriffen oder nur noch antiquarisch erhältlich.

Symbolfigur für **TREDITION CLASSICS** ist Johannes Gutenberg (1400 — 1468), der Erfinder des Buchdrucks mit Metalllettern und der Druckerpresse.

Mit der Buchreihe **TREDITION CLASSICS** verfolgt tredition das Ziel, tausende Klassiker der Weltliteratur verschiedener Sprachen wieder als gedruckte Bücher aufzulegen – und das weltweit!

Die Buchreihe dient zur Bewahrung der Literatur und Förderung der Kultur. Sie trägt so dazu bei, dass viele tausend Werke nicht in Vergessenheit geraten.

Das Bombardement von Abo

Carl Spitteler

Impressum

Autor: Carl Spitteler
Umschlagkonzept: toepferschumann, Berlin

Verlag: tradition GmbH, Hamburg
ISBN: 978-3-8424-1241-5
Printed in Germany

Ziel der TREDITION CLASSICS ist es, tausende deutsch- und
fremdsprachige Klassiker wieder in Buchform verfügbar zu
machen. Die Werke wurden eingescannt und digitalisiert. Dadurch
können etwaige Fehler nicht komplett ausgeschlossen werden.
Unsere Kooperationspartner und wir von tredition versuchen, die
Werke bestmöglich zu bearbeiten. Sollten Sie trotzdem einen Fehler
finden, bitten wir diesen zu entschuldigen. Die Rechtschreibung der
Originalausgabe wurde unverändert übernommen. Daher können
sich hinsichtlich der Schreibweise Widersprüche zu der heutigen
Rechtschreibung ergeben.

Carl Spitteler

Das Bombardement von Åbo

Erzählung nach einem historischen Vorgang der Neuzeit

Daß Ströme weit von ihrer Mündung aufwärts noch gewaltige Meerschiffe tragen können, weiß jedermann. Wer aber solche Ungeheuer in einem kleinen Bach landeinwärts will fahren sehen, der muß sich nach Åbo bemühen. Freilich hat der betreffende Bach einen Namen, das verdient er, und zwar, wenigstens wenn er mit südländischem Akzent gesprochen wird, einen wohlklingenden, nämlich Aura. Die Aura ist nicht so breit wie die Straße eines deutschen Landstädtchens, aber von beneidenswerter Tiefe und überdies in ihrem stillen Wandel durch die alte Hauptstadt Finnlands mit massiven Terrassen von echtem finnischen Marmor geschmückt, auf welchen sich zur Marktstunde die Käufer gruppieren, während die Verkäufer mit ihren Booten das ganze Wasser bedecken. Die Brücke dient als Korso für die Spaziergänger, links und rechts liegen die Holzhäuser, welche trotz ihrer Ärmlichkeit nicht bescheiden dürfen genannt werden, da sie auf den Namen einer Stadt Anspruch erheben. Etwas weiter draußen, aber immer noch im Stadtbach, ankern die großen Stockholmfahrer. Das Meer ist mit Schären wie mit schwimmenden Wäldern viele Stunden hin angefüllt, eine Riesenlagune, die bis zu einem Drittel des Weges nach Stockholm reicht. Auf der entgegengesetzten Seite, landeinwärts, wo die Aura herkommt, erblickt man auf einem niedern Hügel die älteste Kirche Finnlands, welche schon dastand, als Stockholm noch ein kleines Fischerdorf war.

Während des Krimkrieges, als die englischen Kriegsschiffe den Finnischen und den Bottnischen Meerbusen unsicher machten, wurde dem Gouverneur von Åbo, General Baraban Barabanowitsch Stupjenkin, eine russische Besatzung geliehen; zwei Regimenter stark, wie man in Petersburg glaubte, in Wirklichkeit jedoch anderthalb Bataillone, mit einem in Helsingfors abwesenden Palkownik an der Spitze, an dessen Stelle der Major Balvan Balvanowitsch kommandierte, gewaltig im Kartenspiel, daneben, trotz seiner beträchtlichen Faulheit, ein vollendeter Reiter, im übrigen, außer seiner sprichwörtlichen Dummheit, ohne hervorstechende kriegerische Eigenschaften. Der Dienst, nachdem einmal die Küstenwachen eingerichtet waren, ließ vollauf Zeit zu der jedem Russen unentbehrlichen Langeweile, welche bekanntlich vom Schöpfer ausdrücklich zu dem Zweck geschaffen wurde, damit man sie durch Kartenspiel vertreiben könne. So gestaltete sich das Societätshüß, dieses unvermeidliche Grandhotel aller finnischen Städte, allmählich zum Generalquartier der russischen Besatzung, wo sich außer den Offizieren auch der Gouverneur mit seiner Frau einfand, die schon seit fünf Jahren Tag für Tag das erbärmliche Nest nach allen erdenklichen Gegenden Sibiriens verwünschten, denn in Sibirien ist man wenigstens seiner Whistpartie sicher. Außerdem die wenigen russischen Schreiber und Zivilbeamten, welche sich in dieser Wüstenei auftreiben ließen. Hier wurde dann, «um die goldene Zeit nicht zu verlieren», wie sich der Gouverneur witzig ausdrückte, im Gesellschaftssaal von mittags ein Uhr bis abends spät Karten gespielt, auch nicht übel getrunken, sogar schwedischer Punsch, auf welchen sich die Abneigung der Russen gegen Schweden und Engländer nicht ausdehnte, und während des Kartenmischens politisiert, das heißt auf die Groß- und Kleinmächte Europas weidlich geschimpft und auf die kaiserliche Regierung von Petersburg gestichelt. Die Gouverneurin ließ sich in den Pausen, oder wenn sie wenig Trümpfe in der Hand hatte, von den jüngern Offizieren den Hof machen, und der Gouverneur kümmerte sich darum «wie um das Jahr vierzig».

Die Soldaten trieben sich inzwischen in den Wirtshäusern herum, mit den Finnen Bruderschaft trinkend, oder machten sich auf dem Markte unnütz, wo sie mit den Verkäuferinnen wie mit russischen Bauerndirnen zu schäkern versuchten, aber statt schelmischer Antworten nur ein entrüstetes sittliches Grunzen erhielten.

So standen die Dinge, als eines Morgens, eben als der Markt sich füllte, ein Kosak von der Küstenwache mit vorgebeugtem Oberkörper über das Pflaster sprengte.

«Birigis-jah!» schrie er aus vollem Halse, da die Hufe des kleinen, leichtsinnigen Tierchens nur einen gedämpften Ton erweckten, welcher in dem allgemeinen Geschwätz verhallte.

«Was gibt's?» fragte ihn einige Soldaten.

«Bumbardirovka», lautete die kurze, flüchtige Antwort, darauf war er schon über die Brücke.

Das Wort ging von Munde zu Munde: «Bumbardirovka», und «Bumbardirowanje» riefen die Soldaten einander zu, und die intelligentern unter den Finnen, welche zwar nicht die Endungen, wohl aber das «Bum» begriffen, übersetzten «Pummi» und «Tulipummi».

Im Nu verwandelte sich das friedliche Marktvolk in eine empörte, grunzende, fauchende und grölende Masse, anzusehen wie ein Hornissenschwarm und anzuhören wie ein Rudel Wölfe, die über ein Pferd herfallen. Die Weiber kreischten nicht wie andere Menschenweiber; tiefe, fürchterliche Töne stießen sie heraus, die Männer aber knirschten in einem fort: «Satanaperrkele.»

Jetzt ertönte Trommelwirbel und Horngetute, worauf sich die Soldaten im Laufschritt entfernten.

«Gott ist gnädig», schrien sie im Laufen, «endlich schickt er uns etwas zu arbeiten.»

Auf der Brücke oben erschien zwischen vier berittenen Kosaken der Gouverneur Baraban Barabanowitsch, glänzend ausstaffiert, wie man ihn noch nie gesehen: auf dem Kopfe einen vergoldeten Helm mit rotweißem Federbusch, der grüne Rock mit schweren goldenen Epauletten und einem Magazin funkelneuer Orden geschmückt, darüber ein sechs Zoll breites Rosaband schräg über die Schulter bis zum Degen geschlungen, die Hosen zündrot zum weithin leuchtenden Zeichen des Generalsranges. Aber er war zu Fuß, weil er seinen Rappen dem Major Balvan Balvanowitsch verkauft hatte, was ihm neben der anständigen Kaufsumme noch den Vorteil eintrug, daß er das Geld, welches ihm die Regierung jährlich für zwei Leibpferde nebst Knecht und Hafer zugute schrieb, zu nützlichern Zwecken verwerten konnte. Bei seinem ehrfurchtgebietenden Anblick verstummte das Volk und lauschte mit entblößtem Haupte. Der Gouverneur hielt eine Ansprache. Mit weithin schallender Stimme erinnerte er die Anwesenden an ihre Untertanenpflicht, an ihr Glück und Gedeihen, seit sie von den Schweden befreit worden, an die Vatergüte des milden Kaisers Nikolaj Pawlowitsch, welcher die Finnen ganz besonders in sein Herz geschlossen, also daß er einmal auf der Parade zu Wiborg mit höchsteigenem Munde «Kaksi» gesprochen. Dann ging er zu den Schilderungen des Feindes über, beschrieb das Heidentum und die entsetzlichen Gebräuche der Engländer, wie sie weder Völkerrecht noch Eid und Verträge achteten, und malte ihnen das gräßliche Schicksal ihrer Frauen und Kinder aus, wenn der Feind aus den dunkeln Höhlen der Schiffe an die heilige Küste Finnlands steigen sollte. Schließlich ermahnte er sie zum Widerstand bis aufs Messer, rief die jungen Männer zum freiwilligen Beistand auf und – bei diesen Worten wurde seine Stimme weicher – erklärte sich bereit, freiwillige Spenden auf dem Altar des Vaterlandes, also auf seinem Schreibtisch, entgegenzunehmen.

«Urrah», schrien die Kosaken aus Leibeskräften, als die Rede zu Ende war, und die Menge ließ ein beistimmendes Gemurmel hören. Der Gouverneur verschwand wieder, die Gruppen scharten sich um den Bürgermeister und den Apotheker, und allmählich sammelte sich die junge Mannschaft und zog auf die Höhe über der Stadt, um sich Waffen geben und in den Hantierungen unterrichten zu lassen.

Als der Gouverneur, nach Hause zurückkehrend, die Treppe seines Holzpalastes hinanstieg, fand er die Küchentür offen. Sogleich dämpfte er den Tritt und sah wie zufällig hinein. Agafia, die kleine, zierliche, braune Köchin mit den schönen kleinrussischen Mandelaugen, war um den Herd beschäftigt, in einiger Entfernung von ihr stand ein junger, flachshaariger Finne.

«Was tust du hier? Wie heißest du?» fuhr ihn der General an.

«Tullela», lautete die kurze, doch bescheidene Antwort.

«Faulpelz! Du tätest auch besser, dein Vaterland zu verteidigen, als in der Küche herumzulungern. Fort, zum Teufel! Und Gott mit dir.»

Der Finne wich zögernd vom Platze, verlegen die Mütze in der Hand drehend. Agafia aber brauchte ihre Zunge.

«Erlauben Sie, daß ich Ihnen sage, Exzellenz: Das Vaterland ist etwas Kleines, Exzellenz! Aber der Finne da ist mein Bräutigam.»

«Dumme Gans!» schnarrte der Gouverneur, «bist du verrückt? Einen Finnen heiraten?»

Agafia blickte den Zornigen schelmisch blinzelnd an, dann entgegnete sie munter lachend: «Sie sind neidisch auf ihn, Exzellenz?» Und als der Gouverneur aufbrausen wollte, fügte sie rasch hinzu, die Hände über dem Knie zusammenschlagend: «Wie Sie schön sind heute! Exzellenz! Wie gut Ihnen die große Form steht!» Dann schreckte sie plötzlich zusammen: «Die Herrin kommt!» flüsterte sie hastig, worauf jener sogleich die Küche verließ.

Agafia aber nahm jetzt den Finnen, der noch immer wie der heilige Alexander Newskij in der Isaakskirche unbeweglich dastand, leidenschaftlich um den Hals und versetzte ihm einige herzhafte Küsse, die derselbe nicht zu erwidern wagte.

Die Gouverneurin lag auf dem Sofa und rauchte.

«Hast du die ärgerliche Nachricht schon vernommen?» rief sie ihrem Manne mit ihrer langgezogenen, stets klagend tönenden Stimme entgegen.

«Nun, was ist da dabei? Es bleibt noch immer die Frage, ob die Kugeln der Engländer so weit reichen.»

«Was Engländer! Was kümmern mich die Engländer! Die Engländer, das ist etwas Kleines! Gott mit ihnen! Aber weißt du denn nicht, daß Agafia heiraten will und mir den Dienst gekündet hat?»

«Nicht möglich!»

«Nun, du hast ja doch den langen Bengel von Finnen in der Küche gesehen. Du brauchst dich nicht zu verstellen; ich habe gar wohl gemerkt, daß du Agafia gerne siehst. Das ist auch natürlich; sie ist hübsch, und sie weiß es. Aber das ist jetzt alles Nebensache. Jedenfalls lasse ich Agafia nicht fort. In diesem elenden finnischen Nest ist sie die einzige, die ‹Batwinia› zu kochen versteht. Was nützen mir die schönsten Lachse ohne ‹Batwinia›? Tu mir den einzigen Gefallen und steh nicht so gleichgültig da; es geht dich an.»

«Mein Gott! nichts Leichteres als das: zahl ihr den Lohn nicht aus! Du hast ihn doch hoffentlich zurückbehalten?»

«Keine Gefahr! Du meinst doch nicht, ich werde so dumm gewesen sein, ihr den Lohn auszuzahlen! Sie hat vierzehn Monate bei mir stehen. Allein ihr Liebhaber ist reich, die große neue Ziegelbrennerei oben am Strand hinter der Stadt gehört ihm. Kannst du ihr nicht den Paß verweigern?»

Baraban Barabanowitsch seufzte.

«Wir wohnen hier nicht in Rußland. Die Finnländer sind Deutsche; die glauben an keinen Gott und achten kein Gesetz! Auf diesem Wege läßt sich nichts machen.»

«Auf welchem Wege du willst. Das ist deine Sache.»

In diesem Augenblick erschien ein Kosak unter der Tür, welche nach russischer Sitte offenstand.

«Zum Teufel!» schrie ihn der Gouverneur an, sobald er ihn erblickte.

«Ich gehorche», erwiderte der Kosak höflich, blieb indessen stehen.

«Zum Teufel! – Verstehst du mich nicht?»

«Ich gehorche. Aber verzeihen Sie, Exzellenz, Balvan Balvanowitsch schickt mich zu Ihnen. Es seien keine Gewehre in der Kaserne.»

«Der Halunke wird sie verkauft haben; schicke ihn zum Teufel!»

«Ich gehorche, Exzellenz; allein wir können keine Kugeln finden.»

«So ladet Butter und Salzgurken.»

«Ich gehorche. Allein verzeihen Sie, Exzellenz, wir haben nur noch ganz wenig Pulver.»

«Was geht mich das alles an? Das ist die Sache des Majors. Pack dich! Gehorchst du?»

«Ich gehorche.»

«Das ist eine Bande!» seufzte der General und stellte sich ans Fenster.

Bei seinem Anblick nahm das Volk draußen auf dem Platze die Mützen herunter und schrie: «Urrah!»

«Ich gebe zu», bestätigte die Gouverneurin mit ihrer tiefen, wohl-klingenden und ewig lamentierenden Altstimme, «jeder nimmt, was er kann; dafür hat man ja den Staat und die Regierung. Nicht umsonst ist er Major und hat eine Kasse zu verwalten. Aber man muß immerhin bescheiden sein und dafür sorgen, daß die andern auch etwas erhalten. Und vor allem darf das Vaterland nicht darunter leiden. Du hast doch hoffentlich nach Petersburg wegen Zigaretten geschrieben? Nein? Da hört doch alles auf. Ich habe ja nur noch ein einziges Kistchen! Was sollten wir um Gottes willen hier anfangen, wenn wir keine Zigaretten mehr hätten? – Um aber auf die Agafia zurückzukommen, was meinst du?»

Der General zuckte ratlos die Achseln.

«Ich will sie einmal rufen», fügte sie hinzu und klatschte in die Hände.

Sogleich erschien Agafia auf der Schwelle.

«Sie haben mich befohlen, Herrin?» fragte sie höflich.

«Ja, um dir zum letztenmal zu erklären, daß ich dir niemals gestatte, zu heiraten.»

Agafia verbeugte sich.

«Erlauben Sie, Gebieterin, erlauben Sie mir, Ihnen zu sagen, daß das etwas Kleines ist, was Sie gestatten oder nicht gestatten. Wenn es Gottes Wille ist, so werde ich, wenn Sie es erlauben, heiraten. Soll ich das Auerhuhn – verzeihen Sie, daß ich frage – mit einer schwedischen Sauce bereiten wie das letzte Mal?»

«Erbarme dich, Närrin! Wie kannst du so dumm fragen? Wer kocht einen Wildvogel in einer russischen Sauce! Aber komm jetzt einmal her und sage mir offen, hast du dich über mich zu beklagen, daß du durchaus heiraten willst?»

«Erbarmen Sie sich, Gebieterin! ich mich über Sie beklagen? Solch eine gnädige, gute, liebe Gebieterin! die mir noch zu Ostern ein neues Kleid geschenkt, und was für eins! Ich schäme mich, es anzuziehen, so prächtig sieht es aus. Ich mich über Sie beklagen? Da müßte ich undankbarer sein als ein Tatar!»

Während dieser Worte eilte sie hurtig zu der Gouverneurin und küßte ihr wiederholt die Hand.

«Nun also, warum willst du denn heiraten? Du wirst mir doch nicht weismachen wollen, daß du in den blödsinnigen Finnen verliebt bist? Ein so hübsches Mädchen wie du! Du kannst noch weiß was für einen Mann bekommen. Hat dir denn nicht der Kosakenhetman einen Heiratsantrag gemacht? Und mein Klavierlehrer aus Helsingfors, dem hast du es auch angetan. Du brauchst nur zu wählen, nicht wahr, Baraban Barabanowitsch? – Zudem bist du so jung, daß es mit dem Heiraten durchaus keine Eile hat. Warte, bis mein Mann nach Petersburg versetzt wird, dort will ich dir einen Bräutigam aussuchen, auf den du stolz sein darfst.»

Agafia seufzte.

«Ich weiß ja, Gebieterin, daß Sie es gut mit mir meinen und daß ich nur eine einfältige unverzeihliche Gans bin. Und mein Tullela, das muß man ihm auch lassen, ist dumm wie ein Rentier. Glauben Sie, er sei imstande, einen einzigen Satz im Zusammenhang zu sprechen? Glauben Sie, er sage mir jemals, wie ich hübsch sei oder wie gut mir mein Kleid stehe? Nichts. Einfach nichts. Nur das Maul aufsperren kann er und mich stundenlang angaffen, als wenn ich aus Zucker wäre und statt Blut Johannisbeerbranntwein in den Adern hätte. Aber sehen Sie, Gebieterin, ich weiß nicht, warum: er ist so jung und ganz allein, ohne Eltern, ohne Geschwister, allein in der Welt, wie eine Drossel, die aus dem Neste gefallen ist. Und liebt mich, sag' ich Ihnen, liebt mich, liebt mich, Gebieterin, es ist nicht zu glauben, wie ein Hund, einfach wie ein Hund, weiter nichts. Und da muß ich ihn halt auch gern haben. Was ist da zu machen?»

«So heirate ihn denn meinetwegen; aber das braucht doch nicht gleich zu geschehen, und du hast auch deswegen nicht nötig, aus meinem Dienste zu treten.»

«O du gütiger Gott, Gebieterin, da kennen Sie die Finnen nicht! Die sind nicht so gut wie die Rechtgläubigen. Eifersüchtig sind sie! Eifersüchtig, daß einem ganz angst wird. Und warten will er auch nicht länger, sonst hätte ich Ihnen doch nicht die Verlegenheit bereitet. Aber verzeihen Sie, Gebieterin, ich muß in die Küche, ich habe den Lachs in der Pfanne.»

«Um Gottes willen, das sagst du mir jetzt erst? Und du stehst da und schwatzest das unnützeste Zeug! Spute dich! erbarm dich! schneller!»

Unter der Tür drehte sich Agafia nochmals um: «Erlauben Sie mir, Gebieterin, nach dem Essen ein wenig mit Tullela spazierenzugehen?»

«Was fällt dir ein? Es ist doch heute kein Festtag.»

«Sie sagen alle, es sei heute ein großer Festtag; die Engländer machten eine Bumbardirovka! Es soll sehr lustig werden!»

«Meinetwegen! Gott mit dir! Aber sieh dich vor, daß dich keine Bombe trifft.»

«Ich danke», erwiderte Agafia mit einem freudigen Knicks.

«Es würde auch kein großer Schaden sein», knurrte der General ungnädig.

«Ich danke», wiederholte Agafia lächelnd, indem sie sich gegen den Gouverneur verbeugte. Schon war sie im Begriff davonzueilen, da kehrte sie sich noch einmal verlegen um: «Verzeihen Sie mir, Gebieterin», versetzte sie mit unsicherer Stimme, «würden Sie vielleicht die Güte haben, mir eine Kleinigkeit von meinem Lohn zu schenken?»

Das Gesicht der Generalin verfinsterte sich.

«Wieviel brauchst du?» fragte sie mißmutig.

«Glauben Sie, ein Rubel wäre unbescheiden?»

«Warum nicht gar! Ein Rubel! Du bist nicht bei Trost! Was um alles in der Welt wolltest du mit einem Rubel anfangen? Du hast doch nichts nötig. Vierzig Kopeken reichen vollständig aus.»

Dabei stand sie langsam und widerwillig auf, um sich nach dem Schreibtisch zu bemühen.

«Gib doch dem dummen Ding den Rubel», rief der Gouverneur, «und sie soll lieber nach dem Lachs sehen.»

«Ums Himmels willen! Gut, daß du mich erinnerst. Ja! Schnell in die Küche!»

Der Gouverneur streckte dem Mädchen einen Rubel entgegen. Diese küßte ihm zweimal die Hand zum Dank und ebenso der Generalin, dann hüpfte sie mit dem Rubel freudestrahlend nach der

Küche, woher man sie alsogleich das Lied vom «roten Sarafan» singen hörte.

«Schade um das Mädchen», murmelte der General.

«Sie dauert mich, sie wird verlorengehen», bestätigte die Generalin mitleidig. «Aber was ist das eigentlich mit den Engländern? Solltest du nicht vielleicht doch ein bißchen nachsehen?»

«Das fehlte noch! Das geht den Major an. Ich bin hier auf meinem Posten!»

Jetzt hörte man auf dem Platze einen ungewöhnlichen Lärm, welcher sofort verstummte, als der Gouverneur das Fenster aufriß.

«Was gibt es?» rief er mit seiner prächtigen Heroldstimme.

«Sie bringen einen englischen Parlamentär, Exzellenz», gab ein Soldat zur Antwort, die Hand an den Helm legend.

«Sagt ihm, ich sei beschäftigt, und laßt ihn auf der Straße warten.»

«Ich gehorche, Exzellenz.»

Nach einer Weile aber erschien ein Offizier unter der Tür und meldete: «Exzellenz, es fällt Regen.»

«Daran bin ich nicht schuld.»

«Ich meine, ob wir nicht vielleicht den Parlamentär unter Dach bringen sollen?»

«Wozu? Die Engländer können es für eine Gnade halten, daß Gottes Regen auf sie herunterfällt. Es wird ihnen nicht schaden. Sie lieben ja das Wasser. Was ist es übrigens für eine Sorte von Kerl?»

«Ein Marineoffizier, Exzellenz.»

«Siehst du? habe ich dir's nicht gesagt? Laßt ihn nur ruhig stehen.»

Nicht lange darauf erschien ein zweiter Offizier.

«Exzellenz, das Volk wird immer zahlreicher und wütender; wir fürchten, sie werden dem Parlamentär etwas Unangenehmes antun.»

«Wäre auch kein Schade. Geh mit Gott!» Kaum war indessen der Offizier verschwunden, so bereute der Gouverneur das unbesonnene Wort.

«Warte!» rief er dem Abziehenden nach, «führt den Halunken in mein Empfangszimmer. Ich will doch wissen, was er eigentlich von mir begehrt, wenn schon alles erlogen ist, was diese Heuchler vorbringen.»

Nach einigen Minuten hörte man tastende Schritte im Erdgeschoß, und der Gouverneur, nachdem er noch einige Zeit hatte auf sich warten lassen, wollte sich eben zum Empfang bequemen, da zog ein bewaffnetes Peloton im Taktschritt die Treppe herauf, ohne Offizier, nur von einem Feldweibel geführt.

«Was wollt ihr, Hunde?» herrschte der General.

Die Soldaten grüßten ehrerbietig und freundlich.

«Wir möchten Eure Exzellenz untertänigst um eine Gnade bitten», begann der Feldweibel bescheiden.

«Was für eine?»

«Ein bißchen töten», erwiderte jener schmeichelnd.

«Wen töten?»

«Nur den Engländer», lautete die Antwort in kosendem Tone.

Ein Faustschlag erstickte die letzte Silbe des Sprechers.

«Tötet ein Russe einen Parlamentär?» schrie der General bleich vor Wut. «Sind wir Tataren, Deutsche und Türken? Sind wir keine Rechtgläubigen? Jeden, der dem Engländer ein Leid oder nur einen Schimpf antut, lasse ich knuten und erschießen. Hört ihr?»

«Wir hören und gehorchen.»

Damit kehrten sie rechtsum; der Feldweibel aber blieb zurück, richtete sich gerade in die Höhe, während sein ganzer Körper vor Angst zitterte.

«Exzellenz, verzeihen Sie mir; ich glaubte Gott und dem Kaiser zu dienen, indem ich die Welt von einem Engländer reinigte. Man hat mir gesagt, sie töten die kleinen Kinder. Und ich habe selbst Kinder.»

«Was die Engländer tun, dafür wird sie Gott strafen; ein Russe aber hat einen Glauben und tötet keinen Wehrlosen und keinen Parlamentär. Verstehst du?»

«Ich verstehe und gehorche. Verzeihen Sie mir, Exzellenz.»

«Geh zum Teufel!»

Tief aufatmend vor Glück und Dank über den gnädigen Bescheid legte der Feldweibel die Hand an die Stirn und marschierte mit leuchtenden Blicken ab. Der Gouverneur aber ging, den Parlamentär zu empfangen.

«Weißt du, Pelageja Iwanowna, was der Kerl will?» rief er seiner Gemahlin zornig entgegen, als er nach einer halben Stunde wieder erschien. «Wir sollen ein Haus zum Bombardement auswählen!»

«Entweder ist er verrückt, oder er stellt dir eine Falle. Wie sollten sie auch das Haus aus der Ferne erkennen?»

«An einer roten Fahne, die er uns da aufstecken heißt. Ich glaube, es ist ihm ernst mit der Sache; du weißt ja, den Engländern kann man das Verrückteste am ehesten glauben.»

Nachdem sie noch eine Weile über die Engländer gespottet, erhellte sich plötzlich das Gesicht der Gouverneurin.

«Mir kommt ein Gedanke: laß ihn die lutherische Kirche bombardieren, das wäre zugleich ein nützliches und ein Gott wohlgefälliges Werk.»

«Das ist ein Gedanke.»

Nach einer Weile aber kam der General mit dem Bescheid zurück: «Sie weigern sich, auf eine Kirche zu schießen, die Heuchler!»

«Weißt du was, mein Täuberich, gib ihnen unsern Palast zum Bombardieren! Der Staat wird uns entschädigen, daß wir nichts dabei verlieren. Denn was man auch im übrigen der Regierung vorwerfen kann, das muß man ihr lassen, daß sie großmütig zahlt. Zum Ausziehen bleibt uns Frist genug.»

«Das ist wieder ein Gedanke.»

Nach einer Weile aber kam er wütend zurück.

«Siehst du, was das für Halunken sind? Sie behaupten, das wäre zu gefährlich; der Palast stehe zu dicht an den Häusern, es könnte eine Bombe nebenan fliegen. Wir sollten ein Haus aussuchen, das abseits steht.»

«Jetzt kommt mir eine Offenbarung: gib ihnen die Ziegelhütte, dann kommt Tullela um sein Vermögen und kann Agafia nicht heiraten.»

«Den Gedanken hat dir die heilige Mutter Gottes von Kasan eingegeben.»

Als er nach einer Weile zurückkehrte, rieb er sich die Hände.

«Gut! Abends um zehn Uhr soll's losgehen.»

Während des Nachmittags hörte der Regen auf, und ein warmer Sonnenschein zerstreute die Wolken. Jetzt gedachte Agafia von ihrem Urlaub Gebrauch zu machen, um mit ihrem Bräutigam das Bombardement anzusehen. Davon, daß dasselbe erst abends beginnen und daß es dem Hause ihres Liebsten gelten sollte, wußte sie natürlich nichts, so wenig wie die übrigen Einwohner der Stadt; denn das blieb Staatsgeheimnis, das gehörte zur höhern Politik. Zwei Kleider hingen in ihrem Schrank, jedes ihre Augen verlockend. Das eine war ihr rotes kleinrussisches Kostüm, es stand ihr schön, darüber konnte kein Zweifel walten, man hatte es ihr oft genug gesagt; das andere aber, das Geschenk von der Gouverneurin, mit seiner blaßblauen Farbe, sah vornehmer aus; die Gouverneurin hatte es ja selbst am Ball getragen, was brauchte es eines bessern Beweises? Und eine Schleppe hatte es! eine Schleppe! Wenn sie mit dieser Schleppe spazieren ginge, so würde der Major Balvan Balvanowitsch ihr den Arm reichen und sie «Madame» heißen. Die Schleppe entschied, und mit kindlichem Selbstbewußtsein rauschte sie in die Küche, um die Huldigung ihres Geliebten zu empfangen. Tullela nahm vor Verlegenheit die Mütze ab und zog sich einen Schritt zurück.

«Fürchte dich nicht vor mir», flüsterte Agafia gnädig, indem sie ihn küßte, «für dich bleibe ich dennoch deine kleine Agafia.»

Dann zogen sie auf die Straße, Arm in Arm, und Agafia, die den Sonnenschirm beständig hin- und herbewegte wie einen Fächer, genoß die Befriedigung, daß sie Aufsehen erregte. Die Finnen wichen scheu und ehrerbietig zurück, die Soldaten legten die Hand an ihre Stirn, und selbst die Offiziere und Beamten, nachdem sie den Begleiter spöttisch betrachtet, bequemten sich zu einem mehr oder weniger freiwilligen Gruße. Die Schleppe tat ihren Dienst. Nur eines fehlte ihr noch zur Vornehmheit: die Zigarette. Doch sie besaß ja einen Rubel, und eine Schenke war nicht weit. Hurtig wie ein Eichhörnchen huschte sie die ihr wohlbekannten drei Stufen zum Wirtshaus hinan, ihren Liebsten stehenlassend, und kaufte sich ein Päckchen «La Ferme». Dann erschien sie wieder, in eine Rauchwolke gehüllt, laut hustend und die Zigarette zwischen zwei Fingern weit von sich streckend. Jede halbe Minute hatte sie ein Stück zu Ende geraucht, worauf sie den nächsten besten Vorübergehenden, am liebsten einen Beamten, um Feuer bat. Der verbeugte sich höflich und galant, legte die Hand an die Mütze und gewährte ihr das Verlangte.

Unwillkürlich nahm sie den Weg nach dem Hafen. Dort war alles in wildester Bewegung, weil das englische Kriegsschiff eben zwischen den Schären angekommen war und in nicht allzugroßer Entfernung sichtbar und bedrohlich ankerte. Man konnte sogar die zwei Kanonenreihen unterscheiden, und die bauschenden Segel überragten die Tannen der Inseln.

«Wie hübsch! Was für ein Festtag!» rief Agafia aus, lustig in die Hände klatschend.

Allein diese ästhetische Billigung mißfiel dem Volke, welches wilde Drohrufe ausstieß.

«Tut mir doch den Gefallen, Freunde, und fürchtet euch nicht!» begütigte Agafia lachend. «Kanonen haben sie freilich, die Engländer, ob aber auch Pulver und Kugeln dazu, das ist die große Frage! Glaubt mir, seht, ich denke, es wird wohl bei ihnen gehen wie bei den andern auch. Anfangs, wenn sie von zu Hause fortfahren, da besitzen sie alles; aber England ist weit, und das Leben auf dem Schiff ist langweilig. Heute verkauft der Admiral ein Kügelchen und morgen der Kapitän eins für einen Damenhut oder ein Korsett oder ein Paar Schnürstiefelchen; und die Matrosen tauschen das Pulver gegen Schnupftabak und Zigaretten – natürlich, was wollten sie auch mit dem Pulver anfangen? Und Branntwein haben sie ja auch nötig, die Armen! wenn sie schon Engländer sind und keine Rechtgläubigen! Seht, sie verkaufen nur immer eine Handvoll jeden Tag; aber wenn dann das Jahr um ist – begreift ihr? – und es einmal zum Totschießen kommt, was bleibt dann den Armen an Pulver und Kugeln übrig? Nichts! einfach nichts, sage ich euch! Patz!»

Den Finnen leuchtete das dunkel ein, so daß sie besänftigt knurrten. Aber einige Zornköpfe vermochten doch den Anblick des hölzernen Ungetüms, welches die Stadt Åbo zu bombardieren kam, schlechterdings nicht zu ertragen. Sie bestiegen einen kleinen Küstendampfer und fuhren unter dem wilden Jubelgrölen ihrer Landsleute zum Angriff in die See. Auf dem Engländer geschahen Zeichen mit Flaggen und Wimpeln; plötzlich leuchtete ein prächtiges Rot von der Breitseite des Schiffes, umhüllt von graublauen Wolken; dann erscholl ein weicher, doch kräftiger Donner.

«Pummi», schrien am Ufer die Finnen und purzelten mit Wutgeheul durcheinander.

Allmählich, als weiter nichts geschah, erholten sie sich und erkundigten sich nach den Toten. Niemand war nur verwundet, auch wurde eine Kugel weder gehört noch gesehen.

«Was habe ich euch gesagt?» rief Agafia triumphierend. «Seht ihr jetzt, daß ich recht hatte! sie haben keine Kugeln.»

Eine Stafette, die wie ein Wirbelwind durch die Stadt daher galoppierte, machte fernern Angriffsgelüsten mit strengem Verbot ein Ende.

«Komm, mein Täuberich», schmeichelte Agafia, «hier gibt es nichts mehr. Wir wollen der Küste nach zu den Kosaken. Dort geht es lustig her. Bei den Kosaken ist immer Festtag.»

Unterwegs, in der Henriksgasse, die unmerklich, dorfähnlich nach der Landschaft verläuft, machte sich Agafia auf Schritt und Tritt unnütz, indem sie bald wie ein Wiesel ihr Näschen durch die offenen Fenster steckte, die Alten neckend und die Kinder zärtlich herzend, bald hoch aufgerichtet wie ein Pfau das zartblaue Ballkleid mitten durch die Straße schleppte, den vorübergehenden Männern einen jener Flammenblicke seitwärts zuschleudernd, welche sie den französischen Sängerinnen aus dem Societätshüß abgelauscht hatte, in der Meinung, hiemit der feinsten hauptstädtischen Lebensart teilhaftig zu werden. Tullela aber, der nicht wußte, wie ihm geschah, schritt ehrerbietig an ihrer Seite und ließ sich alles gefallen.

Draußen vor der Stadt, auf einer Wiese, sahen sie den Major Balvan Balvanowitsch, wie er die Infanterie musterte. Der gute Mann, jählings aus seinem Kartenspiel aufgeschreckt und durch ein Schreiben des Gouverneurs niedergedonnert, das ihm mit dem Kriegsgericht wegen der Waffenunterschleife drohte, hatte vollkommen den Kopf verloren; um denselben wiederzufinden, galoppierte er unaufhörlich um die kleine Truppe, die Soldaten beschimpfend, die Offiziere in höflichem Jammerton verblümt anklagend und dabei kreuz und quer die fürchterlichsten Flüche ausstoßend, daß selbst ein Samojede sich darob würde entsetzt haben. Während dieses ungestümen Zorngewitters rauchten die Offiziere gleichgültig ihre Zigaretten, die Soldaten hingegen standen in untadelhafter, steifer Stellung ruhig da, und wer von ihnen kein Gewehr besaß, führte mit einer imaginären Flinte trotz seinem bewaffneten Nebenmanne alle Exerzitien vorschriftsmäßig aus. Von Zeit zu Zeit verging Balvan Balvanowitsch der Atem; dann ritt er gegen einen kleinen Erdhügel, auf welchem Mademoiselle Titi und Mademoiselle Fifi, die Sterne des Societätshüß, thronten, die Musterung mit ihrer Gegenwart beehrend. Vor diesen pustete er tief aufatmend, rieb sich mit dem Taschentuch den Schweiß von der Stirn und beklagte bitter sein Schicksal, welches ihn verdammt, eine solche «barbarische, brutale russische Bande» zu befehligen, statt ihn, wie es doch seinen Talenten angemessen gewesen wäre, zum Feldherrn Napoleons III. gebären zu lassen, für welchen er eine schwärmerische Begeisterung an den Tag legte. Nachdem er den Damen noch galanterweise eine Flasche echten Wiborger Kognak hatte vorsetzen lassen, entblößte er sein Haupt, verbeugte sich anmutig, setzte dem Rappen beide Sporen in die Weichen und begann das Donnerwetter von neuem.

Agafia, stolz in dem Bewußtsein ihres seidenen Prachtkleides, spazierte vor den Truppen langsam der Front entlang, ihren Bräutigam nach sich ziehend. Sie hielt ihre Privatparade. Nachdem sie dieselbe beendet und alles nach Wunsch befunden hatte, pflanzte sie sich neben Fifi und Titi auf und machte sich nunmehr ein Geschäft daraus, die Pariserinnen aus Brabant zu überstrahlen und gelb zu ärgern. Keine Stellung ist so theatralisch und keine Verrenkung so graziös, daß sie dieselbe nicht versucht hätte, und da es einem bildhübschen weiblichen Geschöpf auch bei den redlichsten Bemühungen schlechterdings unmöglich wird, unvorteilhaft auszusehen, so erreichte sie ihre Absicht gegenüber ausgedienten Gartensängerinnen ohne Vorzug. Das gab nun ein wechselseitiges Sichbrüsten und ein Achselzucken, wie wenn drei Truthennen sich um einen Hahn streiten. Daß beide Parteien die Reden der andern nicht verstanden, diente nicht zum Frieden, da nun jedes seine ganze Meinung auskrähte, der Gegner aber dieselbe an der Mienensprache erriet.

«Seht», lachte Agafia vergnügt, indem sie mit beiden Händen lebhaft gestikulierte, «was euch ärgert, das ist bloß der Neid. Weil ich jetzt eine feine Dame bin, weil ich ‹La Ferme› rauche, weil ich einen Bräutigam habe, einen jungen, einen hübschen, einen reichen, einen, der mir gehorcht, der mir meinen Schafpelz nachträgt, der mir am Sonntag Rosinen schenkt, einen ganzen Sack voll, und mir alle Tage das Holz in die Küche hinaufschleppt. Gelt, den möchtet ihr haben? Aber da bemüht ihr euch umsonst, denn er ist mir treu und liebt mich; liebt mich, sage ich euch, wie ein Baron; liebt mich, als wenn wir schon fünfzig Jahre verheiratet wären und Großkinder hätten; liebt mich wie Elias der Donnerer, wenn er gleich nur ein Ungläubiger ist.»

In diesem Augenblick sprengte Balvan Balvanowitsch heran, in unbestimmter Ehrfurcht, angezogen von dem weithin leuchtenden Volantkleid Pariser Schnittes. Agafia verübte eine tiefe, anspruchsvolle Verbeugung, dann blinzelte sie schelmisch und schwatzte mit kameradschaftlicher Vertraulichkeit: «Kennen Sie mich, Balvan Balvanowitsch? Wie gefalle ich Ihnen? – Aber warum denn so zornig? Heute ist doch Festtag! Sie müssen sich's nicht zu Herzen nehmen, wenn Ihnen etwa Baraban Barabanowitsch etwas Unfreundliches gesagt hat. Er meint es nicht böse; ich kenne ihn genau; er ist im Grunde ein seelenguter Herr, ob er schon zuweilen ein bißchen barsch spricht. Er kommt alle Tage zu mir in die Küche und plaudert und spielt oft stundenlang mit mir wie ein Kind, nicht im mindesten hochmütig; faßt mich um den Hals und küßt mich, ganz wie ein einfacher Soldat; sitzt auf den Herd wie ein Schwabenkäfer und nimmt es nicht übel, wenn ich ihm Wasser angieße. Und singen kann er, sage ich Ihnen, singen, Sie glauben es nicht, wie ein Kosak. Nur den einzigen Fehler hat er, daß er ein bißchen eifersüchtig ist. Aber das sollten Sie ihm doch nicht übel nehmen. Er ist ja der Herr im Lande.»

In der Tat glätteten sich die Züge des Majors, und sein Blick erhellte sich, während er den koketten Bewegungen des anmutigen Mädchens folgte. Als er ihr jedoch eine Flasche Kornbranntwein anbot und Miene machte, vom Pferde zu steigen, wehrte sie ihm mit erheuchelter Geschäftigkeit eifrig ab.

«Entschuldigen Sie, Balvan Balvanowitsch, die Zeit fehlt mir; ich muß meinen Bräutigam den Kosaken vorstellen; sie kennen ihn noch nicht. Und dort ist Musik; wohl möglich, daß es zum Tanzen kommt. Und was die Engländer betrifft, so fürchten Sie sich nur nicht im mindesten vor ihnen. Sie haben keine Kugeln, ich weiß es;

und auf dem Lande, so sagen alle, Sie können fragen, wen Sie wollen, verstehen sie sich gar nicht zu bewegen. Gott hat ihnen die Beine versagt.»

Hiemit knickste sie und schwänzelte, nachdem sie erst noch dem Bataillon mit dem Taschentuch Abschied zugewinkt, wohlgemut von dannen, froh über den Sieg, den sie über Fifi und Titi davongetragen.

Weil sie aber bemerkte, daß Tullela in Eifersucht dunkelrot geworden war, begann sie ihn sanft, doch nachdrücklich zu ermahnen: «Schau, Tullela, mein Täuberich, du bist dumm wie ein Rentier, nimm mir's nicht übel. Man kann dir's übrigens nicht verargen, da du ja kein Rechtgläubiger bist und deshalb nicht weißt, was sich schickt. Erstens, wenn man mit einer Dame geht, so schleicht man nicht hinter ihr drein, sondern man legt die eine Hand auf ihre Achsel. – So! – Dann geht man im Takt, die Fußspitzen hübsch auswärts. – So! – Und guckt nicht auf den Boden, sondern im Kreise herum, damit man sich versichern kann, ob die andern einen auch sehen. Und dann sagt man mir ‹Mignon›, auf französisch, das ist vornehm. Sag ‹Mignon›. Gut; nicht übel; du bist nicht so ungeschickt, wie du aussiehst, man muß dich nur ein bißchen erziehen. Und weißt du», flüsterte sie zärtlicher, «wenn wir einmal verheiratet sind, dann will ich dir eine gute, liebe Frau sein und nie mit dir zanken. Und den ganzen Tag sitzen wir zusammen auf der Schaukel, Arm in Arm, und rauchen Zigaretten, und abends lassen wir uns Kosaken kommen, daß sie uns Ziehharmonika vorspielen. Und des Sonntags kaufe ich dir Wachskerzen beim Popen, damit er für dich betet und du nicht in die Hölle kommst.»

Allmählich, durch die Abwesenheit von Menschen und den Anblick der trauten Landschaft ermutigt, taute auch Tullela auf und wurde erst einsilbig, hierauf gesprächig, schenkte ihr allerlei Kosenamen, bald «Lachs», bald «Butterballe», und malte ihr vor, wie er sein neues Haus, die Ziegelbrennerei, für sie eingerichtet habe, mit funkelnagelneuen Möbeln, daß ihr nichts fehle, schönen, breiten Betten und einer geräumigen, taghellen Küche. Bei dieser Beschreibung leuchteten seine Augen, und seine Arme, von der Erinnerung an die Arbeit beseelt, führten einige linkische Bewegungen aus.

Agafia lächelte hocherfreut und nickte von Zeit zu Zeit. Plötzlich blieb sie stehen.

«Aber Zucker», fragte sie mit jähem Eifer, «Zucker hast du doch hoffentlich nicht vergessen für den Tee? – Wir sind ja reich. Da können wir die ganze Tasse anfüllen bis oben hinaus und brauchen nicht bloß die Stückchen zwischen die Zähne zu klemmen und den Tee hindurchzuschlürfen wie die Bauern und Kaufleute. Und wenn uns Gott Kinder schenkt, so müssen die Knaben Baron studieren wie die Deutschen; die Mädchen aber große, große Damen, damit der Kaiser, wenn er nach Finnland kommt, fragt: ‹Was sind das für Leute?›, und ich antworte: ‹Das sind meine, Eure Majestät, meine!›»

Unter solchen Gesprächen gelangten sie zum ersten Wachtposten der Kosaken.

«Was tust du hier, Faulpelz!» fragte Agafia den langhaarigen Kerl, der neben seinem Pferde der Länge nach ausgestreckt auf dem Boden lag, «warum bist du nicht beim Tanz?»

«Heute gibt's keinen Tanz», antwortete der Mann mürrisch, «heute gibt's Engländer.»

«Die Engländer sind eine Kleinigkeit; was kümmern mich die Engländer. Ich bin reich, ich habe einen Rubel bekommen, ich bezahl's. Wo sind deine Brüder?»

Der Kosak warf seinen Arm in der Richtung nach einem Landesvorsprung in die Luft und kehrte sich ab, ohne seine Beine einzuziehen. Im Kosakenlager bewirkte Agafias Staatskleid Staunen und ehrerbietige Bewunderung, so daß selbst ihre vertrauten Tänzer und Schnapsfreunde vom Boden aufschnellten, um sie förmlich, mit einer Verneigung, zu begrüßen. Das ließ sie sich denn gnädig gefallen, raunte jedoch im Vorbeitrippeln dem einen und andern ermutigend ein trauliches Scherzwort zu.

«Was tut ihr eigentlich hier, Brüder?» hub sie an, indem sie sich ohne weitere Umstände auf das nasse Gras setzte, in dem Volantgewühl ihres Schleppkleides halb verschwindend, wie die Henne in einem Neste.

«Was wir tun, Agafia? was wir tun? Nun, was werden wir tun? Nun, ich denke, wir tun wie gewöhnlich. Wie es Gottes Wille ist. Am Vormittag – nichts; und am Nachmittag – ich weiß nicht was. Was sollten wir anders tun? – Aber du, was bringst du für eine Neuigkeit?»

«Was ich für eine Neuigkeit bringe? Ich? Was wollt ihr, daß ich für eine bringe? Eine gute bringe ich. Festtag bringe ich. – Da!»

Hiemit kramte sie in der Tasche und ließ ein Kupferstück auf den Boden springen. Die Kosaken warfen sich leidenschaftlich darüber her und katzbalgten sich. Von dem Schauspiel belustigt, nickte Agafia beifällig mit dem Kopfe; dann griff sie mit feierlichster Miene zum zweiten Male in die Tasche, hierauf zum dritten und vierten Mal und so weiter, bis sie sich des letzten Kopeken entledigt hatte.

Einige Augenblicke später rückten drei Flaschen Branntwein und zwei alte, dicke, bestaubte, in allen Irisfarben schillernde Gläser heran. Agafia winkte ihrem Bräutigam, sich an ihrer Seite niederzulassen.

«Erlaubt, Brüder», sprach sie mit großem Ernst, «daß ich euch meinen Bräutigam vorstelle: einen braven, einen treuen, einen reichen, und ihr mögt lachen oder nicht, es ist wahr, so wahr wie ich da bei euch sitze: niemals betrinkt er sich; nicht am Sonntag, ja nicht einmal zu Ostern, so fein und vornehm ist er.»

Die Kosaken betrachteten den Mann, der sich niemals betrank, mit unwillkürlicher Hochachtung, während zugleich seine ungelenke finnische Haltung ihre Spottlust reizte,

«Rührt ihn nicht an, sage ich euch», ergänzte Agafia bestimmt, «wenn er schon nur ein Finne ist. Denn er liebt mich und ist mein.»

Hierauf kredenzte sie kokett das eine Glas, überreichte es Tullela mit verliebten Blicken, goß den ganzen Rest auf einen Zug die Gurgel hinunter, mit den Fingern dazu schnippend, ließ sich das Glas nochmals füllen und hielt es mit wichtiger Miene dem nächsten Kosaken hin.

«Auf deine Gesundheit, Bruder!»

Dieser verbeugte sich tief, so daß die Haarsträhnen ihm über das Gesicht fielen, und antwortete mit umständlicher Höflichkeit: «Auf die deine, Agafia! Entschuldige, daß ich so frei bin.»

Und so ging es weiter durch die ganze Reihe.

«Was!» schnurrte jetzt eine erzürnte Stimme in den Haufen hinein, und der Kosakenhetman musterte mit finsterm Blick die Zecher.

«Nun, was ‹was›? Euer Hochwohlgeboren!» erscholl es mit schmeichelnden, bittenden Tönen im Chor, «was wird es ‹was› sein? Ein bißchen Festtag.»

Und zwei Gläser schoben sich einladend an seine Lippen. Zugleich bedeutete Agafia dem Hetman mit herablassender Handbewegung, sich ins Gras zu setzen.

«Genieren Sie sich nicht, Euer Hochwohlgeboren! Platz genug! – Oder», fügte sie mit schelmischen Blicken bei, «ist Ihnen vielleicht meine Nachbarschaft unangenehm?»

Der Hetman widerstand dem Pariser Ballkleid nicht, seine Mienen glätteten sich, sein munteres Kosakenauge fing an mutwillige Blicke zu blitzen, endlich setzte er sich frisch und frank neben die schöne Agafia, während ein Donnergebrüll ehrfürchtigen Beifalls seinen Entschluß belobte.

Agafia kredenzte ihm schmachtend das Glas, steckte eine Zigarette in den Mund und bohrte ihm dieselbe zwischen die Lippen mit einem Lächeln, welches hingereicht hätte, alle Kosaken vom Don bis zum Kaukasus zu entflammen. Nachher schlang sie ihm einen Arm um den Leib und flüsterte: «Ein bißchen tanzen, Euer Hochwohlgeboren.»

Der Hetman schüttelte mürrisch den Kopf und spuckte die Zigarette weit von sich.

«Nein», erwiderte er barsch; «heute ist es verboten.»

«Aber warum?»

«Darum.»

«Ah! ich weiß, warum Sie das Tanzen nicht erlauben wollen!» rief Agafia entrüstet, weit von dem Hetman wegrückend, «Ich weiß! Nichts anderes als wegen den Engländern. Ich begreife, begreife! Sie fürchten sich vor ihnen, Euer Hochwohlgeboren, aufs Tüpfchen genau wie Balvan Balvanowitsch! Erbarmen Sie sich! Tun Sie mir den Gefallen! – Sich vor den Engländern fürchten! Ha! ha! ha! Eine große Herrlichkeit, die Engländer! – Ihr glaubt also hier im Lager auch an die Bumbardirovka? Erlaubt mir, euch zu sagen, Brüder, daß ich euch lächerlich finde. Bumbardirovka! Ihr wißt eben nicht! Aber ich weiß! Und ich will's euch sagen. Ich, Agafia.»

Nach diesen Eingangsworten setzte sie sich in gewählter Haltung zurecht und hielt mit lauter Stimme und geläufiger Zunge eine Rede, überzeugt und siegesgewiß.

«Seht ihr, Brüder, die Sache verhält sich so: Ihr wißt die Krim, dort unten, weit, weit, weit, weit? Und noch weiter als die Krim das Meer und noch weiter als das Meer der Kavkas und noch weiter als der Kavkas Jevropa: Tataren und Türken und Konstantinopel und Parisch und Stockgolm und alles. Und Napun Leonowitsch, der deutsche Zar in Parisch? Und Jevgenia Napunleonowna, seine Frau, behaupten sie.»

«Europi ist dort!» unterbrach Tullela verbessernd mit knurrender Stimme, indem er den Arm nach Westen warf.

«Stilleschweigen, Täuberich!» befahl Agafia zärtlich, doch bestimmt. «Stilleschweigen, aufmerken und lernen! – Also, was ich sagen wollte, Brüder: seht, Brüder, wißt ihr, Jevropa ist böse und glaubt nicht an Gott und will nicht, daß Christen leben sollen; darum hilft es den Türken. Weil aber Rußland eine Insel ist...»

«Rußland ist keine Insel», murrte Tullela ärgerlich.

«Wenn du nicht endlich Frieden hältst, mein Schatz, so wird man dich fortgehen heißen. ‹Stilleschweigen!› hat man dir gesagt, begreifst du?»

«Stilleschweigen!» bestätigte der Chor drohend.

«Erbarmet euch, Brüder! ‹Keine Insel!› behauptet er. Keine Insel! Warum keine Insel? Wieso keine Insel? Aber Augen, Tullela, Augen hast du doch! Nun, was? Dort, zwischen den Schären, was ist denn das? Ich denke doch, das Meer. Oder was sonst? Jedenfalls keine Suppe und keine Tinte! Und das Schiff der Engländer, was meinst du, Tullela, ist es etwa auf der Eisenbahn von Moskau nach Petersburg hergekommen oder auf einer dreispännigen Telega? Und in Helsingfors ist auch das Meer, ich habe es selbst gesehen, und in Wiborg ebenfalls und in Archangelsk, wie sie sagen, wieder das Meer und bei Nowaja Semlja das Meer, alle sagen es, und bei Astrachan und bei Kamtschatka, überall, überall, überall! Und darum müssen die Deutschen von Jevropa Schiffe bauen, die Armen, wenn sie Rußland angreifen wollen, große, große und viele, viele, viele. Doch das hilft ihnen alles nichts, gar nichts, nicht einen Mundvoll, nicht ein Schnapsgläschen, nicht ein Tröpfchen. Denn Gott und der Zar sind Freunde. Und Gott ist schlau, ihr habt gar keinen Begriff davon. Wie soll ich's euch erklären? Halt, ich hab's. Seht ihr, Brüder, wißt ihr? Denkt euch einen Tataren. Ist er nicht imstande, drei Kosaken zu überlisten! Und ein Kosak überlistet doch sechs Russen, und ein Russe zwölf Deutsche und Engländer. Ein einziger Engel aber ist pfiffiger als hundert Tataren von den schlauesten. Engel aber gibt es viele, viele Millionen, mehr als Mücken und Heu und Krähen. Und die Engel haben wieder ihre Palkowniki, welche die Engel hintergehen, und die Palkowniki ihre Minister, von denen sie betrogen werden, und doch ist Gott für sich allein imstande, alle Engel miteinander zu täuschen. Begreift ihr's jetzt? Seht ihr jetzt endlich ein, daß die Deutschen und Europäer alle miteinander umkommen müssen, die Armen, weil sie den Gottlosen helfen?»

«Aber dort in der Krim, sagen sie, geht es nicht gut», wagte ein Kosak einzuwenden.

«Schlecht geht es», brummte der Hetman.

Agafia lachte aus vollem Halse und klatschte in die Hände.

«Wie ihr doch eigentlich dumm seid, Brüder, erlaubt mir, daß ich's euch sage, verzeiht mir's, nehmt mir's nicht übel. Begreift ihr denn gar nichts? Natürlich, das kann man doch mit Händen fassen, stellt ihnen Gott eine Falle. Ich habe euch ja gesagt, er ist schlau. Paßt auf, wie er sich die Sache denkt: Erst lockt er sie alle nach Sewastopol, immer mehr, immer mehr, bis schließlich nichts zu Hause bleibt als Frauen und Kinder. Dann, wenn er sie alle beisammen hat, macht er hinten die Klappe zu. Patz! Gefangen! – Wißt ihr, was ich glaube?» munkelte sie, einen verstohlenen Seitenblick nach dem Meere werfend, «was das Kriegsschiff betrifft, das ihr dort seht, das ist das letzte; Gott hat ihnen erlaubt, aus der Falle zu entwischen. Und in ihrer Angst vor den Russen sind sie mit dem Schiff von der Krim fortgelaufen, um Rußland herum, gelaufen, gelaufen, gelaufen in einem fort, ohne Aufenthalt, Tag und Nacht bis nach Åbo. So steht's. Punktum. – Branntwein gebt mir, bitte, Brüder, wenn es erlaubt ist.»

Ein Beifallsgemurmel belohnte die politische Belehrung. Der Hetman, von dem anmutigen, wohllautenden Geplapper betört, wollte einen Arm um Agafia schlingen.

«Nein, Euer Hochwohlgeboren», wehrte Agafia flüsternd, doch ernsthaft, die Stirn runzelnd. «Das ist verboten. Sie müssen nämlich wissen, mein Bräutigam glaubt nicht an Gott: er ist eifersüchtig. Zwar sagt er nicht das mindeste. Doch ehe man sich's versieht, ritsch, hat er das Messer in der Hand. Wahrhaftig. Bei Gott. Ehrenwort. – Ein bißchen spazierengehen, Euer Hochwohlgeboren!»

Hiemit stand sie gravitätisch auf, ließ das Seidenkleid um sich rauschen, warf sich in die Brust, neigte den Hals wie ein verliebter Schwan zur Seite, schwang die gespreizten Arme rudernd hin und her und schwänzelte nach dem Meere zu, alles bestaunend, was ihr vor Augen geriet, denn es war ja Festtag, die spärlichen Maßliebchen im Grase, die glitzernden Steinchen am Ufer, das feindliche Schiff neben der Schäre. Dazwischen liebkoste sie die ruppigen Pferdchen der Kosaken mit überschwenglicher Zärtlichkeit.

«Aber wißt ihr was, Brüder?» rief sie, plötzlich belustigt sich umsehend, «spielen wir ein bißchen mit den Engländern! Stellt die Pferde an den Strand, das Hinterteil gegen die Engländer gedreht, damit sie sich ärgern.»

Die Kosaken, allezeit zu jedem Schabernack aufgelegt, setzten ohne weiteres den Einfall ins Werk, führten die klugen Rößlein unter Schmeichelworten und freundlichem Zungenschnalzen an die Küste, stellten sie in die Reihe, die Köpfe landeinwärts, und kniffen sie in die Ohren, daß sie hoch ausschlugen.

«Gut, ihr Jungen! Brav, Brüder!» lobte Agafia ernsthaft. «Helden! einfach Helden! Weiter nichts!»

Der Hetman, welcher die hübsche Agafia schon lange nicht mehr aus den Augen gelassen, schlich jetzt heran, versetzte ihr einen vertraulichen Stoß mit dem Ellbogen und flüsterte: «Tanzen? Was? Agafia? Tanzen?»

Agafia verzog schnippisch die Mundwinkel: «Nein! ich danke.»

«Aber warum nicht?»

«Ich mag nicht. Ich bin müde.»

«Dummheiten!» riefen die Kosaken. «Spute dich, Agafia! Komm tanzen!»

Verächtlich wie eine Baronin und gelangweilt wie eine Königin kehrte ihnen Agafia den Rücken, während die Kosaken, ohne sich im mindesten um ihre Weigerung zu kümmern, einen Kreis bildeten und eine Ziehharmonika hervorkramten.

Tullela hatte bei alledem vergessen und verstoßen abseits gestanden, trübselig zu Boden blickend. Jetzt hüpfte Agafia flink wie ein Reh an ihn heran.

«Werde nur nicht böse, mein Täuberich! sei doch nicht traurig, meine Seele! Ein bißchen sich lustig machen, darüber braucht man doch nicht traurig zu sein. Ein bißchen tanzen, weiter nichts. Lieben tue ich dich ja dennoch. Und dann werden wir uns heiraten. Willst du? Aber komm in die vorderste Reihe, damit du mich bewundern kannst, wie ich tanze. Mach die Augen auf, denn du bekommst etwas zu sehen.»

Nachdem sie ihm hurtig und verstohlen einige Küsse appliziert, zerrte sie ihn unter die Soldaten.

Die Harmonika quiekte einen Moll-Akkord, die Kosaken hefteten die Blicke stier und ausdruckslos auf ihre Stiefel, wie es der Festtag erheischte, und begannen mit plärrendem Geschrei eine der unsäglichen und unendlichen Klageweisen im Presto furioso, welche dort unten am Dnjepr der Menschheit zum Symbol des Jubels dienen. Der Hetman, den schwarzen Butterkübel kühn über das linke Ohr gestülpt, den Riemen kokett mit den Zähnen zernagend, nahm Agafia unter dem Arm, auf französisch, stolzierte mit ihr in die Mitte des Kreises, entließ sie mit einer Verbeugung aus dem Zeitalter Ludwigs XIV., dann gab er ihr seine Künste zum besten, wie besessen um sie herumtobend, bald auf dem Boden kauernd und die gestiefelten Beine nach allen Richtungen herumschleudernd, bald hoch aufschnellend wie ein Teufel aus einer Schachtel, bald in Cancanschritten, den Säbel in der Rechten, gegen sie anstürmend, als gälte es Mauern zu überspringen und Schanzen zu erobern; während dieser Arbeit lief ihm der Schweiß in Strömen über die Stirn, und die langen Haare blieben ihm im Gesicht kleben. Agafia ihrerseits wand und drehte sich wie eine Schlange, mit dem Taschentuch in den Lüften fuchtelnd, um die Grazie einer vornehmen Dame zu erreichen, alles würdig und feierlich, die Blicke selbstgefällig vorn und seitwärts und rückwärts an ihrer Gestalt herumschickend, bis schließlich der wahnsinnige Takt des unaufhörlich fortplärrenden Liedes über ihre Zant Zest als Zieteres siegte, worauf sie wie ein Kobold mit Riesenschritten auf ihren Küchenstiefeln cancanierte, daß das Wehen des Gazekleides den Sängern den Atem zu rauben drohte. Und so oft sie an Tullela vorübersauste, jagte sie ihm einen durchbohrenden Liebesblick zu.

Tullela aber, obschon im Grunde nicht wenig stolz auf die Künste und Triumphe seiner Braut, schielte mißtrauisch von einem Kosaken zum andern und murmelte von Zeit zu Zeit halblaut vor sich hin: «Das ist meine.»

Abends gegen zehn Uhr, also noch bei hellem Tage, fuhr das Kriegsschiff mit vollen Segeln zwischen den Schären hindurch und legte sich auf Schußweite vor Anker. Eine ungeheure Aufregung bemächtigte sich bei diesem Anblick der Bürger, die von der Abmachung zwischen dem Gouverneur und den Engländern nichts wußten. In den Straßen wimmelte es wie in einem Ameisenhaufen; die wehrfähigen Männer, mit Messern, Sensen, Angelhaken und Dreschflegeln bewaffnet, eilten kampfesmutig entweder zum Hafen oder nord- und südwärts der Stadt nach dem Strand, wilde Verwünschungen ausstoßend; der furchtsamere Teil der Bevölkerung versteckte sich in die Keller oder in die Kirchen; einige beherzte Frauen sammelten Wasser in Kesseln, Kübeln und Eimern, um für den Brandschaden gerüstet zu sein, denn eine Feuerwehr hatte Åbo damals noch nicht. Abordnungen der Finnen und Schweden lösten einander ab, um dem Gouverneur bald diese, bald jene Maßregel zu empfehlen; die beiden lutherischen Pfarrer aber samt dem Bürgermeister stellten ihm den unersetzlichen Wert von dreißigtausend Menschenleben vor Augen, von welchen er dereinst am Jüngsten Gericht Rechnung werde ablegen müssen, und heischten die Übergabe der Stadt, mit eifriger Beteuerung ihrer unverbrüchlichen Anhänglichkeit an den Kaiser. Der Gouverneur hielt für alle diese Zumutungen stets dieselbe Antwort bereit. «Gut, Freunde! Ausgezeichnet! Das Vaterland dankt Ihnen. Übrigens: das geht mich an. Bemühen Sie sich daher nicht weiter.» Als jedoch die Pfarrer und der Bürgermeister Miene machten, die saugenden Mütter und die unmündigen Kinder herbeizuholen, entwich ihm jählings die Geduld.

«Mein Palast ist keine Hebammenanstalt. Meinetwegen können Sie, wenn Sie Kindervorstellungen geben wollen, die Komödie im Sozietätshaus aufführen oder in der Kirche oder wo Sie sonst wollen. Genug. Steigen Sie mir gefälligst den Buckel hinauf. Ich habe die Ehre, meine Herren.»

Er hatte die Truppen verteilen lassen, Kompanie von Kompanie weit getrennt, meistens im Süden der Stadt, landeinwärts, in der Gegend des Schlosses, möglichst von der Ziegelhütte entfernt, damit sie nicht störten. Nur eine Batterie von vier Kanonen hatte er in der Nähe der Ziegelei aufgepflanzt, ansehenshalber. Er selbst mit seiner Frau, begleitet von Balvan Balvanowitsch, dem Generalstabe und einer halben Kompanie finnischer Garden, begab sich ans Ziel der Bumbardirovka, einen kleinen Hügel nordwärts der Stadt, auf welchem Tullelas Haus und Schuppen stand, hart über der See, genau dort, wo gegenwärtig das «Hôtel de l'Océan» mit seinen gemalten Marmorpfeilern aus Lärchenholz in falschem Glanze prunkt. Am Fuße des Hügels, in einer Versenkung des Bodens, wurde Stellung genommen; man war dort einigermaßen entfernt und geschützt, während man zu gleicher Zeit sowohl das Schiff als die Fahne beobachten konnte, die der Gouverneur auf das Dach der Ziegelei hatte stecken lassen, damit der Feind das Ziel ja nicht verfehle. Balvan Balvanowitsch, beständig von Visionen des Kriegsgerichts geplagt, kauerte mit gedankenlosem Blicke auf seinem hohen Rappen; der Helm schien seine niedere Stirn noch tiefer herunterzudrücken, und alle seine Bemühungen, mit dem Gouverneur ein kameradschaftliches Gespräch anzuknüpfen, trugen ihm bloß verächtliche Mienen und wegwerfende Bemerkungen ein. Jetzt versuchte er es mit der Gouverneurin, vor welcher er seine ungeschlachte Galanterie, die er bisher einzig an Cafésängerinnen und Badedienerinnen geübt, hervorkramte und mit größter Anstrengung sammelte.

«Ich bitte», hub er an, «Pelageja Iwanowna, hier sind Sie den Kugeln ausgesetzt. Ist Ihnen nicht vielleicht gefällig, daß ich Sie weiter gegen die Stadt hin begleite? Ich werde Ihnen eine Kompanie für Ihre Sicherheit zur Verfügung stellen.»

«Nein, ich danke», lautete die ungnädige Antwort, «ich liebe die Kugeln.»

«In diesem Falle stehe ich Ihnen zu Diensten, Darf ich Sie den Hügel hinaufführen?»

«Nein, auf dem Hügel zieht es.»

«Zieht es? Sie sind doch hoffentlich nicht unwohl, Pelageja I-wanowna?»

«Gott im Himmel! Was für ein zudringlicher Mensch! – Ich fühle Schmerzen auf der Brust.»

«Auf welcher, wenn es zu fragen erlaubt ist, auf der linken oder auf der rechten?»

«Durak!» zischte die Gouverneurin wütend.

Allein er ließ nicht ab.

«Ihre zarten, samtnen Beine, Pelageja Iwanowna, werden müde werden, ewig so dazustehen. Darf ich Ihnen vielleicht mein Pferd anbieten?»

Die Generalin betrachtete das schöne, feurige Tier unwillkürlich mit Wohlgefallen. Schon war Balvan Balvanowitsch dienstfeifrig auf die Füße gesprungen und nötigte sie zum Aufsitzen.

«Ich bitte», sprach er artig, den Steigbügel hinhaltend.

Pelageja Iwanowna warf einen Blick auf ihr Kleid – es war kein Reitkleid –, einen zweiten auf die Truppe und zauderte.

Balvan Balvanowitsch erriet ihre Bedenken.

«Die Offiziere hinter die Front!» kommandierte er angelegentlich.

Nachdem sie sich versichert, daß dem Befehl Folge geleistet worden, schwang sie sich behend in den Sattel, rittlings, nach Männerart, und ihre faule Haltung verwandelte sich plötzlich zu amazonenhafter kühner Grazie. Ihre Augen leuchteten, und der Rappe, der leichten Last und der ebenso weichen wie sichern Zügelführung froh, begann zu tänzeln, zu schnauben und mit dem Schweife zu peitschen.

«Gut!» erklärte die Gouverneurin, mit gnädigem Kopfschütteln dem Major dankend.

Dieser atmete tief auf, keuchend und pustend im Gefühl der entschwundenen Angst.

«Da! Gott sei Dank! jetzt kann alles wieder gut werden!» brummte er getröstet; «eine Generalin, jung und glatt und sauber, das ist das beste Mittel gegen ein Kriegsgericht.»

Die Fregatte trieb eine Rakete in die Luft, dann eine zweite und eine dritte.

«Es fängt an», polterte der Major gleichgültig.

Aus der ersten Schiffsluke links in der obersten Reihe kräuselte ein blaues Wölklein, sausend und zischend pfiff etwas in den Birkenbusch unten am Bach hinter der Brennerei, die Äste zerschleißend, und aus der Ferne krachte ein dumpfer Schuß.

«Fehlgetroffen!» markierte ein Artillerist ruhig, und die übrigen wiederholten nachlässig: «Fehlgetroffen!»

Eine zweite Rauchwolke folgte der ersten aus der Nachbarluke. Auf der Meeresfläche tänzelte eine Kugel, lustig auf- und abspringend, Schaum und Gischt um sich spritzend. Die Soldaten wurden mutwillig.

«Aber jetzt paßt auf, Brüder!» sprach überlegen und ernsthaft der Offizier, «jetzt kommt's richtig!»

Allerdings platzte die dritte Granate hart vor dem Hause, auf dem Wege Rasenstücke und Lehm herumschleudernd bis hinunter in die Versenkung, die Dortstehenden mit Staub und Schmutz besprengend. Ein fröhliches Gelächter begrüßte die Bescherung, und der Major benützte die Gelegenheit, um das Kleid der Generalin zu reinigen, eifrig schüttelnd und blasend.

«Schadet nichts! Hat nichts zu sagen!» beteuerte diese freundlich. «Bemühen Sie sich nicht, Balvan Balvanowitsch. Es ist ein ganz altes Kleid. Natürlich, Sie begreifen doch, zu einer Bumbardirovka putzt man sich nicht wie zu einem Ball, obschon nach meiner Meinung ein hübsches, sauberes, gewaschenes Granätchen, das am richtigen Ort platzt, unterhaltender ist als manche lange Masurka mit Knallbonbons.»

Die vierte Kugel schlug die Signalstange auf dem Dach entzwei, daß die Fahne heruntertorkelte.

«Bravo!» riefen die Soldaten. «Ein Held! Ein Jüngling! Ein Offizier! Diese Granate! Die versteht's!»

Und einer aus der finnischen Garde trat schüchtern aus dem Glied, die Hand grüßend an den Helm gelegt.

«Euer Hochwohlgeboren», stotterte er gegen den Major. «Bitte! Erlauben! Die Fahne wieder aufstecken!»

«Durak!» brüllte dieser. «Schweigen und stillestehen!»

Mit tiefem Bedauern schlich der Infanterist wieder in die Reihe zurück, als wäre ihm ein Urlaub verweigert worden.

Jetzt aber hüllte sich das ganze Schiff in dunklen Rauch, so daß allein der Hauptmast aus der Wolke hervorragte. Ein höllisches Knistern, Prasseln und Wettern in der Ziegelhütte, ein dichter Hagel von Steinen, Scherben und Splittern, ein gewaltiger, lang dauernder Knall – und aus dem ganzen Dachgefüge loderten die hellen Flammen empor. Ein grimmiger Zornruf entfuhr den Soldaten, und ehe man sich's versah und es wehren konnte, stürmte die Garde den Hügel hinan, aufgelöst, ohne Befehl und Ordnung. Ihnen nach mit fürchterlichen Verwünschungen der Major, so schnell es ihm seine ansehnliche Beleibtheit gestattete.

«Wollt ihr gleich rückwärts? Ihr Viehstücke! Was habt ihr dort oben zu suchen! Schnaps gibt es dort keinen. Oder meint ihr etwa, die Engländer säßen auf ihren Kugeln wie der Baron von Münchhausen! Da könnt ihr lange umsonst warten. Das sind Feiglinge. Die schießen bloß, wenn sie sich in Sicherheit wissen!»

«Das heißt, wenn sie wissen, daß der Feind die Kugeln verkauft hat», ergänzte der Gouverneur trocken.

Der Gouverneur erhielt übrigens ebenfalls der Arbeit genug, denn vom Schlosse her eilten die Truppen herbei, dem Befehl zuwider, von dem Knall der Kanonen unwiderstehlich angezogen. Es dauerte eine geraume Weile, bis alles wieder in Ordnung zusammengeschimpft war, und mancher Offiziersfluch erscholl noch vereinzelt zur Vorsorge, um einer Wiederholung der Auflösung vorzubeugen.

Eine Breitseite nach der andern knallte das Schiff in rascher Folge ab, so daß binnen kurzem die Lohe aus allen Fugen und Fenstern züngelte, über den Dächern zu einer Flammensäule sich vereinigend und eine riesige Wolke von Qualm bald hierhin, bald dorthin wälzend, je nachdem der Wind eben blies. Der Rappe der Generalin drehte sich um seine eigene Achse, bäumte sich und schlug aus, so oft die Granaten pfiffen oder das Gewölk seine Nüstern erreichte. Balvan Balvanowitsch, die Zügel festhaltend und immer bemüht, sich angenehm zu machen, wagte einen Spaß, da er bemerkte, wie die Gouverneurin gierig den Qualm und Pulverdampf einsog.

«Die Bumbardirovka», schmunzelte er, «schenkt Ihnen eine Accompagnirowanje von Parfümirowanje.»

Pelageja Iwanowna geruhte den Spaß nach ihrem Geschmack zu finden.

«Was ist Ihnen nur heute passiert, Balvan Balvanowitsch? Sind Sie krank? Sie machen mir Sorgen. Wenn das so weitergeht, so steht zu befürchten, daß Sie schließlich noch geistreich werden. Sie müssen das pflegen, Balvan Balvanowitsch; das darf man nicht einreißen lassen.»

«Ich bitte um die Gefälligkeit, Pelageja Iwanowna, bitte dringend! Seien Sie mein Arzt! Einen weicheren und saubereren könnte ich in ganz Rußland unmöglich finden.»

«Lassen Sie die Galanterie! Tun Sie mir den Gefallen! Sie sind so täppisch wie ein Marineoffizier. Halten Sie mich denn wirklich für so dumm, daß ich einen andern von Geist heilen könnte?»

Balvan Balvanowitsch ließ den Mund hangen. Die Generalin aber, von jähem Übermut der Gefahr erfaßt, wie er den Russen eigen ist, schrie plötzlich befehlend: «Lassen Sie die Zügel los!»

Und als der Major gehorchte, sprengte sie gestreckten Galopps den Hügel hinan mitten in die Feuerlinie vor das brennende Gebäude. Ein donnernder Jubelruf der Soldaten belohnte ihre Tapferkeit, und vergeblich bemühte sich der eifrig ihr nachhumpelnde Major, sie wieder herunter zu beschwören.

«Lassen Sie sie nur laufen, die Närrin!» mahnte der Gouverneur gleichgültig. «Wenn sie durchaus getroffen werden will, das ist ihre Sache.»

So behielt Pelageja Iwanowna ihren Willen. Freilich, auf dem Hügel standzuhalten, erlaubte ihr der Rappe nicht. Von Sinnen vor Todesangst, bäumte er sich hoch auf, trug sie, auf den Hinterbeinen stelzend, rückwärts bis nahe an die Flammen, so daß die Glut ihre Locken ansengte, bis daß die Funken auf das Hinterteil des Gauls regneten, worauf dieser dann einige Male im Kreise herumwirbelte und in rasendem Lauf den Hügel hinabsauste, unaufhaltsam flüchtend bis tief in die Stadt und über die Brücke, während die Gouverneurin umsonst mit blitzschnellem Zügeldruck bald links, bald rechts zu wenden versuchte.

«Wie herrlich! wie köstlich! was für ein prächtiges Pferd!» rief sie im Vorüberrasen ihrem Mann mit erstickter Stimme zu.

Nach einigen Minuten kehrte sie aus der Stadt zurück, seitwärts traversierend, das angstvolle, an allen Gliedern zitternde, dampfende und mit weißem Schaum bedeckte Tier Schritt für Schritt im Zickzack den Rain hinanzwingend. Oben begann das Kreiselspiel von neuem, und wenige Augenblicke später kam sie wieder den Berg heruntergerast.

«Aber wir», fragte der Artilleriekapitän, «wir, Balvan Balvanowitsch, werden wir nicht auch schießen?»

«Schießen? Ich bitte Sie, womit schießen? Kugeln gibt es keine.»

«Genau wie in der Krim!» murmelte der Kapitän finster vor sich hin. «Gott gewähre Rußland Galgen!»

Dann verkündete er seinen Leuten: «Geduld, Brüder! Gott hat Kugeln verboten.»

Diese ließen die Arme hangen und schauten traurig vor sich hin.

Indessen, irgend etwas mußte man doch tun, um die Bumbardirovka zu begrüßen. Als daher einmal eine Granate, das Ziel verfehlend, in der Nähe der Batterie mit zischendem Zünder zu Boden fiel, rief einer der Gunteroffiziere, ein flotter junger Kerl aus der Gegend von Kiew, der Lustigmacher der Garnison: «was willst du denn hier, Täuberich? Was zischest du so begehrlich? So jemand wie dich kann ich gerade brauchen. Zigaretten hab' ich, aber leider keine Streichhölzchen! Brüder! Heute ist Festtag! der Feind schenkt uns Streichhölzchen!»

Hiemit lief er eilends der Granate zu; umsonst schrien ihm die Offiziere von weitem entgegen, das ganze reichhaltige russische Schimpfwörterbuch erschöpfend, um ihn zu retten.

«Macht nichts! Macht durchaus nichts! Brüder! Gott ist gnädig!» begütigte er höflich, hielt gemütlich die Zigarette an das fauchende Ungetüm und kehrte befriedigt zurück mit Gebärden, als ob er schmauchte und paffte. Ein schwacher, puffender Knall, eine kleine rot und blaue Lichtgarbe, nach drei Seiten blitzend – der Gunteroffizier warf seinen Kopf zurück, griff mit beiden Händen an seinen Rücken, stieß ein jämmerliches Geschrei aus und stürzte rücklings zu Boden, sich wälzend und sich windend wie eine Weinrebe.

Fluchend eilten die Offiziere herbei. Einige Kameraden aber faßten ihn an Armen und Beinen, wie es eben kam, ohne seiner Schmerzen zu achten. Dabei trösteten sie ihn auf ihre Weise.

«Schrei doch nicht so, du Hund!» rief der eine. «Man könnte meinen, was geschehen wäre! Ein Soldat mehr oder weniger auf der Welt, darauf kommt es doch nicht an. Der Kaiser hat ihrer noch genug.»

Und ein anderer sagte: «Nun, was? Bruder? Was? Ein bißchen sterben, weiter nichts. Was ist da Großes dabei? Dafür sind wir Soldaten.»

So schleppten sie ihn nach der Stadt.

Das Gebäude war beinahe auf den Grund verbrannt, die Kugeln schwiegen, da stürzte ein junger Bauer im grauen finnischen Kittel aus der Nikolajstraße daher, beide Arme mit Steinen beladen, mit verzerrtem Angesicht, wutschnaubend und von Zeit zu Zeit ein grimmiges «Satanaperrkele» zwischen den Zähnen hervorstoßend.

Ihm nach, an seinem Rock sich festhaltend und mühsam mitgalop-pierend, halb von dem Wütenden geschleift, ein Dämchen in blau-seidenem Ballkleid, die Schleppe beschmutzt und zerrissen, das Haar in wilden Strähnen aufgelöst über die Schultern fliegend, Strümpfe und Busentuch in loser Unordnung.

«So warte doch, mein Täuberich! Was läufst du so wie ein Ren-tier!» keuchte Agafia weinend und scheltend. «Gott im Himmel! halt doch ein wenig!»

Doch Tullela, beim Anblick seines zerstörten Eigentums, rannte nur noch schneller, ab und zu im Laufe noch einen Stein aufhebend.

«Was ist das für ein Kerl? Was will er?» herrschte der Gouver-neur, und einige Bajonette versperrten dem Eilenden den Weg.

«Ach, mein Herr! Euer Exzellenz! Baraban Barabanowitsch!» flennte Agafia, ihren Bräutigam festhaltend und ihm Stein für Stein mit sanfter Gewalt zu Boden werfend, «Sie wissen nicht! Der Arme! Der Unglückliche! Das ist sein Haus, das der Feind verbrannt hat. Sein Haus! und wir wollten nächste Woche heiraten. Was jetzt ma-chen? was anfangen?»

Ein Murmeln des Bedauerns durchlief die Reihen der Soldaten, und tiefgefühlte Verwünschungen wurden gegen die Deutschen, Türken und Engländer wegen ihrer unmenschlichen Grausamkeit laut.

Der Gouverneur, zuerst etwas. verlegen, gewann rasch seine Fas-sung. Mit pathetischer Gebärde erst auf das qualmende Gebäude, dann auf Tullela weisend, brandmarkte er in kurzen, kräftigen Wor-ten die ruchlose, der Menschlichkeit und des Völkerrechts spotten-de Untat des Feindes; hierauf fing er an, Tullela zu bearbeiten.

«Schaut hin, Brüder!» rief er den Soldaten zu. «Seht ihn an, diesen jungen, unscheinbaren Finnen in seinem armen Kittel, ohne Bil-dung, ohne Glauben, ohne Amt und Stellung, und doch könnte er manchem, der hochmütig mit seinem Rang und Reichtum prunkt, zum Beispiel dienen. Schaut ihn an, den Helden, wie er ohne Mur-ren, freudig und freiwillig sein Liebstes für Kaiser und Vaterland opfert! Wie er strahlt in dem Bewußtsein, durch den Verlust seines Eigentums die Stadt vom Verderben gerettet zu haben!»

Und mit militärischem Schritt auf das unglückliche Opfer zutretend, klopfte er ihm zärtlich auf die Schulter und fuhr mit sanfter, gerührter Stimme fort: «Wie heißest du, braver Mann? Schäme dich deines Namens nicht, denn du hast ihn zu einem Ehrennamen in Rußland gemacht!»

Tullela ließ die letzten Steine fallen, schwieg eine Weile, mißtrauisch umherblickend, ob man sich nicht über ihn lustig machte; endlich polterte er mit plötzlicher Anstrengung seinen Namen hervor. Der General erhob wieder die Stimme zur pathetischen Rede.

«Tullela!» rief er; «Tullela! empfange aus meinem Munde die Anerkennung deines Kaisers! Tullela! das heilige Rußland spendet dir seinen Dank und Segen! Tullela! fahre fort auf diesem Wege, den du betreten! Beharre auch ferner in deiner löblichen opfermutigen Gesinnung, so wird Finnland stolz darauf sein können, dich erzeugt, geboren, gesäugt und erzogen zu haben. Tullela! Das Haus, das dir der Feind zerstört, in deinem Herzen findest du es wieder, schöner und größer, als wenn es in plumper leiblicher Gestalt roh und greifbar von dir stände. Ein kostbarerer Besitz als Geld und Gut und Reichtum ist Tugend und Rechttun. Eine Ziegelbrennerei hast du verloren – einen Tempel des Bewußtseins hast du gewonnen; und wo ehemals dein Herd stand, da thront jetzt der Altar des Vaterlandes! – Uff! ich ersticke! – Ist das lang, solch eine Rede! Ist das mühselig! ist das dumm! – Genug! Der Halunke wird mich noch umbringen!»

Hierauf löste er feierlich einen seiner vierundzwanzig Orden von der Brust und heftete das Kinkerlitzchen an Tullelas Kittel.

«Urrah!» schrien die Soldaten, und die Trommeln wirbelten.

Aber trübe stierte Tullela bald auf seine Verzierung, bald auf sein zerstörtes Haus.

«Weine nicht! zürne nicht! mein Süßer!» schmeichelte Agafia, kosend seinen Arm ergreifend und seine Faust lösend, welche noch immer einen Stein krampfhaft umklammert hielt. «Du hast ja jetzt einen Mandeli. Da grüßen dich die Gendarmen, wenn du vorübergehst, und du darfst bei der Parade in der vordersten Reihe stehen. Und in der Butterwoche, wenn du betrunken am Boden liegst, sprechen die Gendarmen zueinander: ‹Rühr den nicht an, er ist ein Bru-

der des Kaisers›, so daß du ruhig bis zum andern Morgen liegen-
bleiben kannst. Und weißt du, wenn der Kaiser erfährt, daß der
Feind dir dein Haus zerstört hat, so läßt er dir ein neues bauen aus
Marmor und Gold und Lapislazuli, wie die Isaakskirche; er ist ja so
reich, man bekommt ganz Angst davor, daran zu denken, wie reich.
Und eine Schaukel wird dir der Kaiser schenken und eine Mütze
mit Pfauenfedern ringsum, und ein Badezimmer mit einem hohen
Ofen, um darauf zu klettern, und Tee und Zuckerkandel und eine
große, gelbe, angorene Katze, und du wirst ein Baron sein und ein
hoher Offizier, daß du alle kujonieren kannst und, wenn es dir ge-
fällt, nach Sibirien schicken, geraden Weges über Moskau.»

«Aber Hausknecht, was meinst du, Tullela, Hausknecht, willst du Hausknecht bei mir werden?» fragte der General.

Tullela schwieg.

«Natürlich, ja! Natürlich!» erwiderte Agafia statt seiner. «Das heißt, bis zu der Zeit, daß das Haus fertig ist, welches ihm der Kaiser bauen wird.»

Baraban Barabanowitsch lachte verächtlich.

«Gans, dumme! Der Kaiser hat andere Katzen zu peitschen, als dem Schatz einer Köchin Häuser zu bauen.»

«Wieso, Euer Exzellenz? – Aber Geld wird er ihm doch wenigstens geben zur Entschädigung.»

«Ich glaube, du bist verrückt. Wen's trifft, den trifft's. Wofür hat man denn sonst den Krieg? Spute dich jetzt und schaffe zu Hause schnell den Tee für die Herrin. Denn es ist kühl.»

Agafia war verblüfft, doch ihre leichtsinnige Natur ließ keinen Schmerz in ihr aufkommen.

«Einerlei», tröstete sie, indem sie ihren Bräutigam mit sich heimzog; «weißt du, Schatz, von nun an wohnst du bei mir in der Küche und schläfst auf dem Herde! Ich zünde dir ein großes Feuer an, damit du warm liegst, und abends spielen wir Karten und singen bis Mitternacht das Lied vom Gemüsegarten: ‹Agarot, Agarot! Turilili, Turilila!› Köstlich wird es sein, sage ich dir, eine wahre Lustbarkeit, ein Festtag, ein Spaziergang!»

Unterwegs holte der Major Balvan Balvanowitsch die beiden ein, stieß den Finnen mit militärischer Grobheit einfach beiseite und wollte Agafia am Arm führen. Agafia wehrte sich eifrig.

«Wagt das nicht, Balvan Balvanowitsch, denn der Gouverneur ist eifersüchtig und», fügte sie schelmisch lächelnd hinzu, «möglicherweise die Gouverneurin auch.»

Balvan Balvanowitsch seufzte. Das Kriegsgericht stellte sich wieder vor seiner Phantasie ein, Agafia hatte recht, sein Platz war in der nächsten Zeit an der Seite der Generalin. Froh, nicht bemerkt worden zu sein, eilte er daher hastig wieder von dannen, um seinen Posten einzunehmen.

Allein der Gouverneur mit seiner Frau befand sich ebenfalls schon auf dem Heimweg, in ehelicher Traulichkeit sich zankend.

«Durak!» stöhnte die Generalin mit ihrer zauberhaft wohlklingenden und volltönigen Stimme. «Einfach Durak, weiter nichts! Wie kann ein Mensch so dumm sein, den Liebhaber der Köchin in Dienst zu nehmen?»

«Wieso? Es schickt sich doch immerhin, den Hundesohn, nachdem man ihm sein Haus zusammengebrannt, nicht auf der Straße liegenzulassen.»

«Was sich schickt, ist eine Kleinigkeit. Aber der Liebhaber meiner Köchin gehört nicht in meine Küche. Einfach. Sie wird zerstreut sein, sie wird jede Sauce verderben. Und wenn du auch nur ein Fünkchen gesunden Menschenverstandes besäßest, so würdest du begreifen, daß es auch deinem eigenen Vorteile zuwider ist, wenn Agafias Schatz beständig um sie herumkriecht.»

«Geduld! meine Seele! Geduld! Erzürne dich doch nicht! Wer sagt denn, er werde bleiben? Es ist ja nur für den Anfang, damit es doch eine Art hat, damit die Leute sehen, daß man auch ein Herz hat. Morgen wird sich schon ein Anlaß geben, den Halunken fortzujagen. Gott ist gnädig.»

Unter solchen Gesprächen mündeten sie in den Hausgang des Palastes ein.

Am folgenden Morgen hatte das Kriegsschiff seinen drohenden Standpunkt verlassen und sich wieder hinter die Schären zurückgezogen. Darob ungeheure freudige Erregung in der Stadt Åbo. Denn wenn schon noch nicht alle Gefahr vorüber war – die Bumbardirovka konnte ja am Abend wieder beginnen –, so sah man doch ein, daß in dem Gebaren des Feindes überlegte Regelmäßigkeit wohnte, welche vor unliebsamen Überraschungen schützte und das stillschweigende Versprechen zu enthalten schien, die Bevölkerung zu schonen. Wozu sonst die warnenden Raketen, ehe die Kugeln flogen? Das war nicht die wilde, barbarische, aller Menschlichkeit ledige Mord- und Brandlust, die man ihnen geschildert hatte. Sich an einer Stelle vor Anker zu legen, wo man mit Leichtigkeit die ganze Stadt hätte in Brand stecken können, um sich schließlich mit einer einsam stehenden Ziegelhütte zu begnügen, das bekundete Absichtlichkeit, und zwar wohlwollende Absichtlichkeit. Wollte der Feind bloß seine Macht symbolisch andeuten, oder handelte es sich um einen originellen, echt englischen Narrenstreich? Über diese Frage wurde jetzt eifrig gestritten, doch nicht mehr in erbitterter Stimmung, sondern mit dem Gefühl der Befriedigung, ja der Hochachtung. Die Neugier, wie sich die Bumbardirovka wohl weiter abwickeln werde, mischte überdies eine gewisse Freude in den Zweifel, denn etwas Abwechslung in dem langweiligen, abgelegenen Küstennest konnte nichts schaden.

Inzwischen spektakelte der Gouverneur mit seiner Frau den unnützen Tullela zum Hause hinaus, was nicht schwerhielt, denn der Gouverneur hatte recht: Gott war gnädig. Behufs dieses Werkes wußte Pelageja Iwanowna Klagetöne anzustimmen, daß man hätte meinen können, nicht Tullela, sondern sie selber würde vertrieben. Agafia weinte dabei in Strömen, wie die Katzen am Grabe des Struwwelpeterpaulinchens; sie wäre auch ohne weiteres ihrem Bräutigam gefolgt, hätte sie nicht die Besorgnis um ihren Jahreslohn zurückgehalten. Dieser Lohn bedeutete ja jetzt das ganze Vermögen der beiden Liebenden. Indessen gegen ihre hübsche, junge Gesundheit, ihre frivole Gotteszuversicht, ihre Gewohnheit, andere zu trösten, hielt ihre Traurigkeit nicht lange stand. Wohl schluchzte sie mit Tullela um die Wette, während sie ihn die Treppe hinunterbegleitete; doch kaum befand sich der letztere auf der Straße, so lächelte sie ihn lustig an, um ihm anzubefehlen, sie ja noch am selben Tage abends heimlich zu besuchen, beteuernd, sie werde ihm einen guten Bissen beiseite legen und den Samowar warm halten. Dann steckte sie ihm mit ihrem feinen, weichen Tätzchen hurtig eine Faust voll Zucker in den Mund.

«Jetzt küß mich! Täuberich!» heischte sie. «Noch einmal! Noch!»

Hierauf gab sie ihm ihre feierlichste Verbeugung zum besten und hüpfte kokett mit Kichern und Lachen die Treppe hinauf

Tullela guckte die Straße auf, die Straße ab und blieb ratlos stehen. Da flog über ihm ein Fenster auf.

«Zum Teufel!» brüllte die Stimme des Gouverneurs, und augenblicklich schloß sich klirrend das Fenster.

Tullela wackelte langsam zum Pfarrer.

«Pappi!» begann er kleinlaut, die Mütze zwischen den Daumen drehend, «gib mir eine Stelle.»

Der Pfarrer, welcher das unverschuldete Unglück Tullelas kannte, empfand Mitleid mit ihm.

«Was für eine Art Stelle würdest du vorziehen?»

«Ich weiß nicht.»

«Was kannst du, und was weißt du?»

«Nichts.»

«Aber lesen und schreiben kannst du doch?»

«Ja.»

«Und wahrscheinlich verstehst du Schwedisch?»

«Ja.»

«Und Deutsch.»

«Ein bißchen.»

«Und Russisch?»

«Ein bißchen.»

«Was weiter noch?»

«Nichts.»

«Gar nichts?»

«Was man so in der Schule lernt.»

Der Pfarrer pröbelte ein wenig mit Fragen an ihm herum, dann klopfte er ihm freundlich auf die Schultern.

«Du bist ein braver Bursch, Tullela! Du hast fleißig gelernt, wie ein echter Finne. Halt jetzt den Kopf gerade in die Höhe wie Gustav Wasa am Reichstag von Westerås und sing mir Nummer Sechzehn aus dem Gesangbuch, so laut als du vermagst. Ich hoffe doch, du kannst das Gesangbuch auswendig?»

«Ja», versetzte Tullela.

Danach stellte er sich aufrecht, hielt beide Arme krumm vom Körper entfernt, guckte den Pfarrer steif an und hub mit dröhnender Stimme an zu singen, so daß die Wände zitterten.

«Brav!» verkündete der Pfarrer, nachdem sämtliche Strophen zu Ende waren. «Willst du in meiner Gemeinde den Kantor machen?»

«Ja.»

«So gebe der Allmächtige seinen Segen dazu. Wir halten eben heute morgen einen Gottesdienst zum Dank für die Erlösung der Stadt aus den Händen der Feinde, und wir singen das sechzehnte Lied.»

Eine halbe Stunde später spazierte Tullela im schwarzen Chorrock hinter seinem Pappi nach der Kirche.

Pelageja Iwanowna, froh darüber, daß es ihr gelungen, Agafia in ihrem Dienst zu behalten, und angenehm angeregt durch die Strapazen einer zu Pferde durchwachten Nacht – denn dergleichen war ihrer Stimmung zuträglicher als Essen und Schlafen –, suchte ihren Mann im Arbeitszimmer auf, um ihm eine kleine Strafpredigt zu halten, der Übung wegen.

«Sage mir doch, ich bitte, was soll das bedeuten? Ist das Lebensart? Jetzt, da alles über Wunsch gutgegangen, könntest du wahrlich deiner Frau auch einige Augenblicke gönnen.»

«Geht nicht, mein Täubchen, geht durchaus nicht. Ein Schrecken, wie viel ich zu tun habe.»

«Dummheiten! Das kannst du jemand anders weismachen. Ein Gouverneur hat niemals etwas zu tun.»

«Aber ums Himmels willen, so bedenke doch, meine Seele, ich muß nach Petersburg wegen der Bumbardirovka Bericht erstatten. Du hast, denk' ich, schwerlich etwas dagegen, wenn ich für die erlittenen Verluste Entschädigung erhalte. Oder? Hoffentlich setzt es zugleich eine Belohnung und Beförderung ab. Jedenfalls versuchen schadet nichts.»

«Das hättest du mir gleich sagen sollen, mein Freund! Das ist etwas ganz anderes. Natürlich, natürlich mußt du eine Entschädigung verlangen. Und um Gottes willen sei nur nicht wieder so bescheiden wie die letzten Male; das ist dein größter Fehler. Wer dankt dir's? Der Kuckuck. Du weißt ja, wie sie sind in Petersburg. Begehrt ein Beamter nicht unaufhörlich Geld, daß sie nicht wissen, wo ihnen der Kopf steht, so meinen sie, er habe nichts geleistet. Also nur kräftig drauflosgeknallt. Eine kleine, hübsche, saubere, runde, gewaschene Null dazu. Geniere dich nicht. Wozu hat man denn sonst den Staat? Die Ziegelbrennerei für sich allein ist wenigstens zweimal hunderttausend Rubel wert; dazu der Verbrauch von Waffen und Munition, die Entschädigung der Opfer, die Gehaltsaufbesserung der Offiziere und Unteroffiziere, die sich ausgezeichnet, die Schanzen, die wir errichten müssen, um einem ähnlichen Überfall vorzubeugen, und die Angst, die ich ausgestanden und wegen derer ich mich noch jahrelang werde einer Kur unterziehen müssen, und so weiter und so weiter. Ohne Pferde können wir auf die Länge ebenfalls nicht auskommen. Man muß doch seinem Amte Ehre machen; das geht den Kaiser ebensogut an wie uns.»

«Aber Pferde, meine Teuerste, Pferde kosten Geld, Pelageja I-wanowna! Da heißt es einen Kutscher kaufen und Hafer und Stroh. Und der Stall ist auch nicht mehr in Ordnung. Der muß repariert werden.»

«Erbarme dich, Baraban Barabanowitsch, du bist doch kein Kind. Wer sagt denn, wir müßten die Pferde behalten? Das fehlte noch. Für wen? Für die paar Schwedinnen, welche wie Köchinnen gekleidet gehen? Oder etwa für die lutherischen Seelsorger? Dafür dank' ich. Das einzige Erträgliche an diesem verwünschten deutschen Nest ist, daß man wenigstens Ersparnisse machen kann. Balvan Balvanowitsch wird dir die Pferde schon abkaufen. Er hat solche dringend nötig. Erst letzte Woche schrieb er wieder darum nach Petersburg. Übrigens, weil wir eben von Balvan Balvanowitsch sprechen, weißt du, Schatz, im Grunde bleibt er doch ein herzensguter Kerl, obwohl ein bißchen roh und ungebildet; du wirst doch nicht etwa so dumm sein, ihn zu verklagen wegen den paar lumpigen Unregelmäßigkeiten?»

«Keine Gefahr, meine kleine Seele, fällt mir nicht ein. Was geht dergleichen überhaupt die Petersburger an? Ich werde ihm ein wenig den Kopf waschen. Voilà tout!»

Als der Gouverneur seinen Bericht beendet und den Adjutanten mit demselben spediert hatte, rieb er sich die Hände.

«Dumme Kerle, die Engländer!» sprach er spöttisch vor sich hin. «Die haben mit Rubeln bombardiert. Ist es Ihnen vielleicht gefällig, meine Herren, nochmals anzufangen? Stehe zu Ihren Diensten! Bitte sehr, Sie werden mich damit verpflichten!»

Hierauf stolzierte er aufgeräumt nach der Wohnung des Majors, schimpfte denselben, der noch tief in den Federn lag, wach und redete mit unterdrückter Stimme so lange drohend auf ihn ein, bis dieser so gefügig wurde wie ein Ballhandschuh und heilig versprach, nie in seinem Leben wieder für seine Privatrechnung allein stehlen zu wollen.

«Aber Zigarren, Euer Exzellenz», schloß der Major seine Beteuerung. «Zigarren erlauben Sie mir Ihnen anzubieten?»

Der Gouverneur staunte: «Zigarren? Wieso Zigarren? Woher Zigarren?»

Schmunzelnd erklärte der Major: «Echte! von Tenkado am Newskij-Prospekt. Durch eine Stafette gestern erhalten. Feuer, Baraban Barabanowitsch? Wollen Sie Feuer? Da! – Erweisen Sie mir die Ehre! Und für Pelageja Iwanowna ließ ich zweitausend Stück Zigaretten kommen, gestoßene, ‹La Ferme›, starke; diesen Nachmittag, wenn Sie erlauben, werde ich mir das Vergnügen gestatten, dieselben persönlich zu überreichen.»

«Was für ein liebenswürdiger Kavalier Sie im Grunde doch sind, Balvan Balvanowitsch. Immer aufmerksam. Immer galant. Meine Frau sehnt sich schon lange nach Zigaretten. Denken Sie sich, ich bitte Sie, Sie glauben es gar nicht, sie hat nur noch achtzig Stück. Und bei dem Krieg, wo soll man da in der Eile neue schaffen? Man hat gut reden, es bleibt doch oft eine recht unangenehme Sache, so ein Krieg. Ich habe die Ehre, Balvan Balvanowitsch! – Auf das Vergnügen!»

Als der Gouverneur gegen seinen Palast zurückkehrte, gewahrte er zu seiner Überraschung eine Menge Volk vor demselben.

«Nun, was, Bruder?» fragte er einen Soldaten.

«Ein englischer Parlamentär, Euer Exzellenz.»

«Wie? Fängt die Geschichte von neuem an?»

«Haarscharf genau, Exzellenz, wie Sie sagen. Von neuem fängt sie an, scheint es. Das heißt, wenn Sie es befehlen, Exzellenz.»

Lachend eilte der General in seinen Palast und rief dem Parlamentär schon von weitem entgegen: «Eine zweite Bumbardirovka? Ich stehe zu Ihren Diensten.»

Der Engländer antwortete nach kurzem, steifem Gruß phlegmatisch: «Nein, Exzellenz, wir fahren heute weiter; ich bin gekommen, den Schaden abzuschätzen und zu vergüten.»

Baraban Barabanowitsch glaubte im ersten Augenblick, sich verhört zu haben. Doch da er für das Bezahlen anderer stets offene Ohren und einen aufgeweckten Sinn hatte, schickte er sich mit wahrer Genialität blitzschnell in die neue Lage und begann sofort mit dem Schrauben der Entschädigungssumme.

«Der Spaß kostet Sie sechshunderttausend Rubel, meine Herren, keinen Kopeken weniger. Sie können den Preis für ein Geschenk halten. Eine ganz neue, prächtige Ziegelei, erst vor vier Monaten aufgebaut mit Wohnhaus und Scheune und Garten und funkelnagelneuen Möbeln. Ein wahres Schmuckkästchen, sage ich Ihnen. Sechshunderttausend Rubel auf die Hand, oder wir lassen Ihr Schiff in die Luft sprengen. Sie müssen wissen, daß Sie sich in einer Mausefalle befinden. Auf den Schären haben wir maskierte Batterien rings um Sie herum, und der ganze Meeresboden ist unterminiert.»

Allein der Engländer bestand darauf, den Schaden selber abzuschätzen. Man verband ihm die Augen und führte ihn unter fortwährendem Drauf- und Dreinreden an die Brandstätte, und mit jedem Schritte wurde der Schaden größer.

«Vierhunderttausend Rubel», erklärte ruhig der Parlamentär, nachdem er die Ruinen gemustert.

Ein Murmeln des Erstaunens, ja der Bewunderung begrüßte die Summe, welche den Verlust um das Sechsfache übertraf. Bloß der Gouverneur nahm mit verzweifelten Gebärden alle Heiligen diesseits und jenseits des Ural zum Zeugen, daß er elendiglich bestohlen werde. Endlich, als der Parlamentär sich anschickte, abzuziehen, seufzte er: «Sie zählen auf die russische Gutmütigkeit, mein Herr! Sie wissen, daß der Russe ein Kind ist, dem man alles bieten darf. Nun, Sie haben recht, von diesem Fehler werden wir uns niemals gänzlich befreien, wenn wir auch noch so oft deshalb von Europa übervorteilt werden. In Gottes Namen denn, geben Sie her, wenn es nicht anders sein kann, um des lieben Friedens willen.»

«Wo ist der Eigentümer?» heischte der Engländer.

Der Gouverneur wurde totenblaß.

«Wieso der Eigentümer?» knirschte er; «meinen Sie etwa, ich wollte die Summe unterschlagen?»

Der Parlamentär beharrte auf seinem Begehren und blieb gelassen eine halbe Stunde lang stehen wie eine Schildwache, bis Tullela in der Kirche aufgefunden und in seinem Chorrock dahergebracht wurde. Jetzt verlangte jedoch der Engländer überdies den Bürgermeister als Zeugen, und als dieser anrückte, mußte er wieder heim, weil er vergessen hatte, seine Schärpe anzuziehen. Dann hatte er die Schärpe über die linke Schulter gehängt statt über die rechte. Die Spannung wurde immer größer, und schon argwöhnten die Bürger, diese Verzögerungen möchten bloß einen Vorwand abgeben, um schließlich die Zahlung zu verweigern; da ließ der Parlamentär sein «alles in Ordnung» vernehmen, und ohne weiteres öffnete er seine mit Banknoten gefüllte Briefmappe.

«Ich glaube, Sie sind verrückt», schnaubte der Gouverneur; «Sie werden doch dem Hundesohn für seine elende, lumpige, verschimmelte Baracke nicht vierhunderttausend Rubel auszahlen! Der Kerl bestiehlt Sie auf die empörendste Weise. Nicht vierzigtausend, nicht zwanzigtausend, nicht zehntausend ist sie wert. Geben Sie dem Halunken ein Trinkgeld und einen Tritt in den Rücken, und Gott mit ihm.»

Der Engländer kehrte sich nicht im mindesten an die Wut des Generals, sondern zählte Tullela das Geld in die Hand und ließ sich vom Bürgermeister einen Schein dafür ausstellen. Hierauf erklärte er seine Mission für beendet, winkte, daß man ihm die Augen verbinde, und marschierte blindlings nach dem Hafen, geführt von einem Soldaten und begleitet von einer ungeheuren, stets wachsenden Volksmenge, welche ehrerbietig die Mütze in der Hand trug.

Am Nachmittag, während die Fregatte eben zur Abfahrt nach Björneborg die Anker lichtete, schaukelte ein halbes Dutzend Fischerboote mit weißen Flaggen durch die Schären. Einzeln wurde die Mannschaft aufs Verdeck zugelassen, mit Beachtung aller Vorsichtsmaßregeln und Pedanterien. Es waren biedere finnische Bauern, unbewaffnet, verlegen und nicht wissend, was sie sagen sollten, die Mütze in der Hand drehend. Endlich begann der Führer: «Erre Majori, wir wohnen auf der zweiten Schäre, dort gegenüber der Flußmündung. Das Leben ist schwer in diesen Zeiten, Erre Leutenanti! Nach Tukholmi verkaufen können wir nicht wegen des Krieges, und in Finnland ist kein Geld. Und so haben wir gedacht, Erre Kapitäni, weil wir doch beide Lutheraner sind, Erre Kennerali, ein bißchen – Sie wissen, Pummi, Tulipummi, Pumpartirowaniri unser Dorf, Erre Atmirali, wenn Sie so gut sein wollen, bitten wir.»

Ähnlich lautete das Begehren der übrigen Deputationen. Und auf dem ganzen Wege nach Björneborg erging es ihnen gleich. Vor Björneborg aber, außerhalb der Schären, lag eine ganze Flottille bereit, so daß die Engländer, entsetzt über den übermächtigen Bombardementseifer, eilends nach Süden abschwenkten, in der

Hoffnung, um Helsingfors eine etwas zugänglichere, feindseligere Bevölkerung zu treffen.

Es mochten ungefähr drei Wochen nach dem Abzug der Engländer verflossen sein, Agafia hatte hochzeitshalber trotz allen Bitten und Drohungen ihren Dienst verlassen, ihrem Lohn entsagend, den sie übrigens nachträglich aus Gnaden doch zugesandt erhielt, da ging es eines Morgens im Arbeitszimmer des Gouverneurs unheimlich zu. Baraban Barabanowitsch und Balvan Balvanowitsch saßen kleinlaut in der Mitte des Zimmers, bleich, wie zwei arme Sünder, immerfort nach Luft und Ausreden hustend. Am Tisch aber schrieb ein feiner, vornehmer Junge im elegantesten Zivilanzug, eine Zigarette paffend. Von Zeit zu Zeit führte er eine nachlässige, drehende Handbewegung aus, guckte über seine Schulter halb rückwärts und richtete mit dünner, scharfer Stimme eine Frage an den einen oder den andern oder auch an beide zugleich.

«Am 2. Juni, meine Herren, haben wir Ihnen auf Ihr Verlangen dreitausend Gewehre zugeschickt. Ist es Ihnen vielleicht nicht unangenehm, mir mitzuteilen, was aus denselben geworden ist?»

Der General und der Major husteten vergebens nach einer Ausrede.

«Gut. Ich begreife. Ich danke Ihnen. Geben Sie sich weiter keine Mühe. Aber vielleicht wollen Sie mir jetzt gefälligst Auskunft darüber erstatten, wenn ich Ihnen damit nicht allzu viele Mühe zumute, warum die Schanzen zum Schutz der Küste, für welche Sie seit zwei Jahren Geld und Material bezogen haben, noch nicht in Angriff genommen worden sind?»

«Wieso nicht in Angriff genommen worden!», pustete Balvan Balvanowitsch mit erkünsteltem Zorn. «Sie können ja den Graben dort beim Schlosse sehen, Feodor Grigorowitsch! Mit eigenen Augen können Sie ihn sehen, Feodor Grigorowitsch! Bitte, bemühen Sie sich, ich will Ihnen denselben zeigen.»

Hiemit erhob er sich.

«Ganz unnötig, Balvan Balvanowitsch! Ich möchte Ihnen nicht die Unbequemlichkeit veranlassen. Bitte, nehmen Sie wieder Platz. Ich setze nicht den mindesten Zweifel in die Wahrheit Ihrer Behauptungen. Der Graben befindet sich beim Schlosse, Sie sagen es, darum glaube ich es. Ich glaube es um so mehr, als er schon seit sechsundzwanzig Jahren dort steht und bereits fünfmal von uns bezahlt worden ist, wie ich Ihnen aus meinen Papieren beweisen kann, wenn Sie sich die Mühe nehmen wollen, sich davon zu überzeugen.»

In diesem Stil ging es weiter, lange, unendlich lange Stunden, den ganzen Vormittag. Umsonst spähten die unglücklichen Offiziere nach der Tür, ob kein Retter eintrete. Der unheimliche junge Herr hatte den Schlüssel von innen umgedreht. Endlich um halb zwei Uhr steckte Feodor Grigorowitsch eine frische Zigarette in Brand, klappte seine Mappe sorgfältig zu, stand auf, verbeugte sich und verkündete mit verbindlichem Lächeln: «Gut! Meine Herren, ich danke Ihnen, wir sind fertig! Verzeihen Sie mir, daß ich gezwungen wurde, Sie so lange zu bemühen. Erlauben Sie mir jetzt, Sie zum Schlusse anzufragen, ob es Ihnen nicht vielleicht möglich wäre, mich sogleich nach dem Frühstück nach Petersburg zu begleiten? Man ist dort weit weniger unbequem, und im Kriegsministerium arbeitet sich's leichter.»

Die beiden Schuldigen, die sich ebenfalls erhoben hatten, schwankten bei diesem Bescheid, daß sie sich an der Stuhllehne festhalten mußten. Jetzt, vor der unmittelbar drohenden Strafe, verloren sie sogar ihre Würde.

«Bitte, Feodor Grigorowitsch!» schmeichelte Balvan Balvanowitsch, sich an den Untersuchungsbeamten herandrückend, «was haben Sie schließlich davon, wenn wir degradiert und deportiert werden? Sie dienen ja selber dem Staate. Was würde aus unserm armen Vaterlande werden, wenn einer den andern vorzeigen wollte?»

Der Beamte zuckte bedauernd die Achseln, ohne eine Miene zu verziehen.

«Erlauben Sie mir, Ihnen zu sagen», sprach Baraban Barabanowitsch mit einem Anflug von Rührung in seiner stolzen militärischen Stimme, «Sie sind ja, wie ich aus der Eleganz Ihrer Sprache und Kleidung schließen muß, ebenfalls in Paris gewesen und kennen daher die Gesetze der Galanterie. Ich habe eine Frau, Feodor Grigorowitsch; der Kummer über meine Schande würde sie töten.»

Feodor Grigorowitsch verbeugte sich: «Mein Amt ist schmerzlich, da es mich zwingt, eine Dame zu bekümmern; allein mir befiehlt meine Pflicht und mein Gewissen.»

Jetzt brauste der Major plötzlich auf. «Pflicht und Gewissen?» brüllte er, «Pflicht und Gewissen? Erbarmen Sie sich! Und Sie wollen ein Russe sein, Feodor Grigorowitsch? Tun Sie mir den einzigen Gefallen und überlassen Sie die Heuchelei den Deutschen und Engländern!»

Feodor Grigorowitsch erbleichte, und seine Lippen bebten. Einen durchdringenden, stechenden Wolfsblick auf den Major werfend, herrschte er ihm feindselig zu: «Wohl möglich, Balvan Balvanowitsch, gar wohl möglich, daß es auch unter den Russen noch Pflicht und Gewissen gibt. Nicht alle sind Räuber und Spitzbuben, wenn es schon von solchen in unserm Staate wimmelt wie von Salamandern in einem Sumpf. Aber was mich betrifft, tun Sie mir die Ehre an, es zu glauben, ich will das Meinige dazu beitragen, den Sumpf zu reinigen, verlassen Sie sich darauf, Balvan Balvanowitsch, und sollte ich die Generäle, Obersten und Majore regimenterweise nach Sibirien spedieren müssen!»

«Erzürnen Sie sich doch nicht, Feodor Grigorowitsch, wegen eines unbedachten Wortes», wollte der Gouverneur beschwichtigen.

Allein jener stand schon an der Tür und drehte mit zitternder Hand den Schlüssel um, den Offizieren nur ein kurzes, verächtliches Kopfnicken zum Abschied gönnend. Als er die Tür öffnete, stutzte er und blieb regungslos stehen, während eine dunkle Röte sein bleiches, nervös zuckendes Gesicht überflog.

Vor der Tür nämlich stand die Gouverneurin im schwarzen Samtkleid, schön wie ein Engel, verführerisch wie eine Polin und vornehm wie eine Russin. Ein geschmeidiges Lächeln glitt über ihre ganze Gestalt, während sie den bösen Gast begrüßte, und sowie sie die Überraschung bemerkte, welche ihre Schönheit bewirkte, fand sie sogleich die unbefangensten Töne auf dem Register ihrer Stimme.

«Wie bin ich froh, endlich die Ehre zu haben! Wissen Sie, meine Herren, daß ich schon eine Stunde an der Türe warte wie eine Odaliske des Sultans, um der Gnade teilhaftig zu werden, Sie alle zusammen zum Frühstück einzuladen. Galant sind Sie nicht, das müssen Sie selbst zugeben, daß Sie meine Nähe nicht im Herzen gespürt haben. Daran merkt man, wie man verheiratet ist und wie man alt wird. Mein Herr, ich bin Ihnen Dank schuldig, denn Sie müssen meinen Mann vorzüglich unterhalten haben, daß er so ganz das Frühstück vergaß; das widerfährt ihm sonst das ganze Jahr über nicht. Darf ich bitten, mir Ihren Arm zu leihen und mich ins Speisezimmer zu führen? Freilich, ich zittere, was werden Sie von mir denken, ich wage es Ihnen fast nicht zu gestehen, seit mir Agafia untreu geworden ist, habe ich nichts als eine finnische Gans zur Köchin; ich kann Ihnen daher, werden Sie mir's verzeihen können? nichts zum Frühstück bieten als Lachs und Braten und etwas Wildbret. Balvan Balvanowitsch, mit Ihnen brauche ich keine Umstände zu machen, Sie sind ja unser alter lieber Hausfreund. Sie werden jedenfalls mit uns speisen, dem seltenen Gast zu Ehren.»

Feodor Grigorowitsch, von dem Zauber der Verführerin im Herzen getroffen, verteidigte sich gleichwohl tapfer.

«Madame, so schwer es mich ankommt», antwortete er stammelnd, doch entschlossen, «so muß ich doch dem Vergnügen entsagen, Ihre gütige Einladung anzunehmen. Ich bin nicht allein. Zwei Offiziere, Kameraden, aus Petersburg zugleich mit mir hier angekommen, erwarten mich im Gasthaus.»

Die Generalin nahm ihren ganzen Verstand zusammen.

«Wie schade!» klagte sie; «aber erlauben Sie, wie ist Ihr Name?»

«Feodor Grigorowitsch.»

«Wie schade, Feodor Grigorowitsch! Doch ich will mir natürlich nicht anmaßen, Ihren Willen zu beeinflussen. Ich darf Sie um so weniger nötigen, als Sie leider der Gesellschaft meines Mannes beim Frühstück entbehren müßten. Er hat heute ein dringendes Geschäft auf dem Schloß, wo er bis abends spät bleibt. Und Balvan Balvanowitsch, den kenne ich, der läßt sich niemals erweichen, eine Einladung anzunehmen, wie sehr man ihn darum bitten möge. Die Unterhaltung einer Dame allein aber, noch dazu einer Dame aus der Provinz, bietet für einen jungen Herrn aus Petersburg zu wenig Interesse, als daß ich ihm zumuten dürfte, sich mit derselben zu begnügen.»

Feodor Grigorowitsch hielt noch immer wacker stand, obschon schweigend und todesblaß mit den Lippen zuckend. Inzwischen hatte jedoch der General schon sein Zaudern benützt.

«Auf heute abend also!» sprach er offen und natürlich, mit der ganzen Ritterlichkeit des Hausherrn. «Darf ich hoffen, daß Sie bis dahin meine Abwesenheit entschuldigen werden?»

Und ehe man sich's versah, war er verschwunden.

Auch in Balvan Balvanowitschs niederer Stirn dämmerte eine Ahnung davon, daß er gerettet werden solle; nur bewirkte die Vorstellung des Lachses und des Wildbrets einen harten Kampf in seinem Innern, und es bedurfte unzweideutiger Blicke der Gouverneurin, bis er sich zum Weichen entschloß.

«Ich habe die Ehre», polterte er schließlich zum Abschied hervor, fügte indessen zum Zeichen, daß er nicht der Dümmste sei, schalkhaft mit Augenzwinkern hinzu: «Wünsche Ihnen ein vergnügtes Frühstück, Feodor Grigorowitsch!»

Dieser fuhr wie von einem Skorpion gestochen in die Höhe, wurde aber sofort von Pelageja Iwanowna zuvorkommend besänftigt.

«Zürnen Sie ihm nicht, Feodor Grigorowitsch!» bat sie, indem sie eine Hand auf seinen Arm legte; «er ist ein ungebildeter, roher Soldat. Und wenn jemand von seiner Unzartheit beleidigt worden ist, so bin ich es doch wahrlich. Und nun wollen Sie mich obendrein noch seine Taktlosigkeit entgelten lassen? Was kann denn eine arme, verlassene Frau dafür? Kommen Sie, Feodor Grigorowitsch, ich freue mich wie ein Kind darauf, von Ihnen über Petersburg und den Hof zu hören. Sie verkehren gewiß viel in der großen Welt.»

Feodor Grigorowitsch machte eine Bewegung, um seinen Arm zu befreien, und hielt seinen Schritt zurück. Da küßte er plötzlich stürmisch die Hand der Generalin, ohne daß er selber wußte, wieso und warum. Die Gouverneurin lächelte ihm unbefangen Beifall zu.

«Da», sagte sie, «haben wir den wahren galanten Weltmann! Sie wissen, was guter Ton ist. Feodor Grigorowitsch, ich glaube, wir werden uns verstehen! Du lieber Himmel! hier in diesem elenden Nest wird man mit Galanterien nicht verwöhnt. – Nein, Sie zuerst, ich bin hier zu Hause. – Nun, wenn Sie durchaus befehlen...»

Bald darauf erhielt der Gouverneur General Baraban Barabanowitsch Stupjenkin für seine heldenmütige Verteidigung der Stadt Åbo den Alexander-Newskij-Orden mit einer jährlichen Ehrenpension von zehntausend Rubeln, unbeschadet seiner Ernennung zum Generallieutenant und seiner Versetzung in eines der saftigsten Gouvernemente von Südrußland, wo Pelageja Iwanowna Gelegenheit fand, drei russische Köchinnen statt einer anzuwerben und sich die Wildhühner in schwedischer Sauce zubereiten zu lassen. Balvan Balvanowitsch aber wurde in Anbetracht seiner persönlichen Auszeichnung während des Bombardements zum Obersten befördert.

Tullela baute im künftigen Frühjahr eine gewaltige Schnapsbrennerei, groß genug, um den Durst von ganz Finnland zu stillen, in der Nähe von Wiborg, denn Agafia wollte durchaus an der russischen Grenze wohnen, damit sie des Winters auf den «Schweizer Bergen» von Petersburg kutschieren könne. Im Herbst, als die wohltätige Anstalt fertiggestellt war, hielten sie im Societätshüß von Åbo eine glänzende Hochzeit, wobei eine Unmasse von Mendali, Rosinen, Haselnüssen, Nuga, Baba und Zuckerkandel vertilgt wurde, Balvan Balvanowitsch und der Bürgermeister waren Brautführer; während der Tafel spielte die Regimentsmusik, und nach der Mahlzeit erschienen sämtliche Kosaken der Garnison zu Gast, auf der Straße tanzend, plärrend und trinkend, bis sie haufenweise am Boden vor den Türen lagen, wie im Paradiese.

«Was habe ich dir gesagt, Tullela?» schmunzelte Agafia seelenvergnügt, als sie des Abends, die schimmernde Hochzeitskrone auf dem Kopf, über die Haufen der Betrunkenen auf die Straße stieg, dem Wagen zu. «Gott ist gnädig, habe ich dir gesagt; gestern Bumbardirovka, heute Hochzeit und Mendali. Das macht, daß er ein rechtgläubiger Gott ist, ein russischer, ein guter. Hörst du? – Weißt du, mein Täuberich, jetzt bist du ein großer, reicher Herr, der niemand untertan ist als dem Kaiser. Von jetzt an mußt du, wenn ich sage, hörst du? mir immer antworten: ‹Ich gehorche, wie ein gebildeter Herr.›»

«Ich gehorche», murmelte Tullela.

Danach bestiegen sie den zweirädrigen Karren und rasselten im Galopp landeinwärts auf die Hochzeitsreise nach Tammerfors.

«Wie lustig! wie köstlich!» jubelte Agafia, als sie in dem harten Karren hin- und hergeschleudert wurde wie die Spreu in einer Tenne, daß ihr die Knochen knackten, «aufs Haar wie in einer Telega!»

Den Pfarrer von Åbo, welcher Tullela in höchster Not zum Kantor befördert hatte, ließ dieser aus Dankbarkeit zum Branntweininspektor des Distriktes Wiborg ernennen, denn Tullela gewann durch seinen Reichtum bald großen Einfluß in der Lokalverwaltung.

Aber bis auf den heutigen Tag sagen die Schweden von Åbo, wenn sie einen Menschen plötzlich Reichtum zur Schau tragen sehen: «Der Tausendskerl! Sieh einmal ‹auf› diesen! Alle Wetter von Stockholm! Entweder er hat von seinem Onkel, dem Teufel von Wexiö, geerbt, oder er ist bombardiert worden!»

Über tredition

Eigenes Buch veröffentlichen

tredition wurde 2006 in Hamburg gegründet und hat seither mehrere tausend Buchtitel veröffentlicht. Autoren veröffentlichen in wenigen leichten Schritten gedruckte Bücher, e-Books und audio-Books. tredition hat das Ziel, die beste und fairste Veröffentlichungsmöglichkeit für Autoren zu bieten.

tredition wurde mit der Erkenntnis gegründet, dass nur etwa jedes 200. bei Verlagen eingereichte Manuskript veröffentlicht wird. Dabei hat jedes Buch seinen Markt, also seine Leser. tredition sorgt dafür, dass für jedes Buch die Leserschaft auch erreicht wird.

Im einzigartigen Literatur-Netzwerk von tredition bieten zahlreiche Literatur-Partner (das sind Lektoren, Übersetzer, Hörbuchsprecher und Illustratoren) ihre Dienstleistung an, um Manuskripte zu verbessern oder die Vielfalt zu erhöhen. Autoren vereinbaren direkt mit den Literatur-Partnern die Konditionen ihrer Zusammenarbeit und partizipieren gemeinsam am Erfolg des Buches.

Das gesamte Verlagsprogramm von tredition ist bei allen stationären Buchhandlungen und Online-Buchhändlern wie z. B. Amazon erhältlich. e-Books stehen bei den führenden Online-Portalen (z. B. iBookstore von Apple oder Kindle von Amazon) zum Verkauf.

Einfach leicht ein Buch veröffentlichen: **www.tredition.de**

Eigene Buchreihe oder eigenen Verlag gründen

Seit 2009 bietet tredition sein Verlagskonzept auch als sogenanntes "White-Label" an. Das bedeutet, dass andere Unternehmen, Institutionen und Personen risikofrei und unkompliziert selbst zum Herausgeber von Büchern und Buchreihen unter eigener Marke werden können. tredition übernimmt dabei das komplette Herstellungs- und Distributionsrisiko.

Zahlreiche Zeitschriften-, Zeitungs- und Buchverlage, Universitäten, Forschungseinrichtungen u.v.m. nutzen diese Dienstleistung von tredition, um unter eigener Marke ohne Risiko Bücher zu verlegen.

Alle Informationen im Internet: **www.tredition.de/fuer-verlage**

tredition wurde mit mehreren Innovationspreisen ausgezeichnet, u. a. mit dem Webfuture Award und dem Innovationspreis der Buch Digitale.

tredition ist Mitglied im Börsenverein des Deutschen Buchhandels.

Dieses Werk elektronisch lesen

Dieses Werk ist Teil der Gutenberg-DE Edition DVD. Diese enthält das komplette Archiv des Projekt Gutenberg-DE. Die DVD ist im Internet erhältlich auf **http://gutenbergshop.abc.de**

Zeitfracht Medien GmbH
Ferdinand-Jühlke-Straße 7
99095 Erfurt, Deutschland
produktsicherheit@kolibri360.de